Das Ebenbild der Königin

REBECCA MICHÉLE

Das Ebenbild der Königin

Die Autorin ist Mitglied bei DeLiA, der ersten Vereinigung
Deutschsprachiger Liebesromanautorinnen und -autoren:
http://www.delia-online.de

Besuchen Sie auch die Homepage von Rebecca Michéle:
http://www.rebecca-michele.de

Rebecca Michéle: Das Ebenbild der Königin

Einbandgestaltung: agilmedien, Köln
Einbandabbildungen: AKG/Mauritius
Printed in Slovakia 2004
ISBN 3-89996-338-5

Für meine Mutter

Prolog

Nebel waberte über den dunklen Gassen von Winchcombe. In frühestens einer Stunde würde die Sonne aufgehen, dennoch waren schon viele Menschen an diesem Morgen auf den Beinen. Heute war Markttag in dem kleinen Städtchen in den Hügeln der Cotswolds in der englischen Grafschaft Gloucestershire. Kaufleute aus der ganzen Umgebung strömten durch die Tore in Richtung Marktplatz, und auch die Bewohner verließen eilig ihre Häuser, denn noch etwas anderes ließ die Menschen an diesem Morgen ungeduldig den Sonnenaufgang erwarten. Beim alten Marktkreuz, das dort schon seit über zweihundert Jahren steht, schleppten Männer eifrig Holz herbei und errichteten einen Scheiterhaufen. Sie mussten schnell arbeiten, bei Tagesanbruch – so hatte es geheißen – würde man die Hexe hinrichten. Dieses Ereignis ließ den Markttag fast in den Hintergrund treten, da es seit über zehn Jahren in Winchcombe keine Hexenverbrennung mehr gegeben hatte. Natürlich waren Diebe und Mörder gehängt oder gevierteilt worden, das Verbrennen einer Hexe aber war ein besonderes Schauspiel, zumal jeder in der Stadt die Verurteilte kannte.

Ein leuchtender Morgen zog am Horizont herauf, die Sonne strahlte vom wolkenlosen Himmel. Die Straßen um das Marktkreuz füllten sich mit immer mehr Menschen, so dass für Pferde und Karren fast kein Durchkommen mehr möglich war. Doch die Stadtwächter verstanden ihre Arbeit.

Schnell und umsichtig leiteten sie die auswärtigen Kaufleute mit ihren Waren über andere Wege zu den Marktständen. Fremde fragten interessiert nach dem Grund der Menschenansammlung und begaben sich, nachdem sie ihre Waren aufgebaut hatten, ebenfalls vor den Scheiterhaufen. Ehe die Hinrichtung nicht vollzogen war, würden sie ohnehin keine Geschäfte machen.

Einer von ihnen war Sam Cardingham. Obwohl er schon an die vierzig Jahre zählte, hatte auch er noch nie bei einer Hexenverbrennung zugesehen. Rasch stellte er seinen mit Schafwolle beladenen Karren in der Straße bei den anderen Händlern ab und befahl Jem, einem jungen, etwas einfältigen Burschen:

»Du bleibst hier und passt auf die Wolle auf. Wage es ja nicht, dich von der Stelle zu rühren!«

Unter der dröhnenden Stimme zuckte Jem zusammen und nickte ergeben. Bestimmt würde er sich nicht trauen, den Befehl seines Herrn zu missachten.

»Komm, Frau! Die besten Plätze werden wahrscheinlich schon belegt sein.«

Eine kleine, untersetzte Frau stieg zögernd vom Wagen.

»Sam, ich möchte nicht mitkommen. Ich kann solch menschenunwürdiges Schauspiel nicht mit ansehen, es tut mir in der Seele weh.«

»Gut, wie du willst, Kate.« Sam Cardingham sah sie zornig an. »Ich vergaß, dass du so zart besaitet bist. Ich jedenfalls werde es mir nicht entgehen lassen, wir haben ja sonst kaum Abwechslung, tagaus, tagein nur Schafe und Wolle! Da wird einem doch ein wenig Vergnügen gegönnt sein!«

»Ob das ein Vergnügen ist ...«, murmelte Kate Cardingham vor sich hin, aber ihr Mann hörte es nicht mehr, er war bereits auf dem Weg zum Marktkreuz.

Ein Aufschrei ging durch die Menge – die Verurteilte war zu sehen!

Unwillkürlich blickte Kate hoch, denn die Eskorte kam auf dem Weg zum Scheiterhaufen ganz nah an ihrem Standort vorbei.

Auf dem groben Holzkarren saß in sich zusammengesunken eine Frau. Ihr Gesicht konnte Kate nicht erkennen, nur eine Flut flammend roter Haare, die ihr bis auf die Hüften reichte. Bei diesem Anblick war Kate sofort klar, dass sie sicher nichts Unrechtes getan hatte. Vielleicht hatte es jüngst in der Stadt ein paar Unglücksfälle gegeben – die Menschen waren schnell dabei, Frauen mit solch roten Haaren dafür verantwortlich zu machen und sie als Hexe an den Pranger zu stellen.

Der Karren war jetzt genau auf Kates Höhe. In diesem Augenblick hob die Verurteilte den Kopf und sah Kate in die Augen. Qual, Schmerzen und Hoffnungslosigkeit spiegelten sich darin. Doch etwas anderes konnte Kate auch erkennen, und das nahm ihr fast den Atem: Diese Frau war hochschwanger!

Ohne lang darüber nachzudenken, sprang Kate vom Wagen und reihte sich in den Menschenstrom ein, der dem grausigen Zug folgte. Nicht weit vom Marktkreuz entfernt traf sie auf Sam, ihren Mann. Mit einem Stirnrunzeln nahm er ihre Anwesenheit zur Kenntnis, beachtete seine Frau aber nicht weiter, weil jetzt die Rothaarige vom Karren gezerrt wurde. Ein Raunen ging durch die Menge.

Sie war fast noch ein Kind, nicht älter als fünfzehn oder sechzehn Jahre. Trotz der Spuren vorangegangener Folterungen und obwohl Schmutz das lange, rote Haar verfilzt hatte, konnte man erkennen, dass das Mädchen schön war, sehr schön und hochschwanger.

»Seht her, sie bekommt ein Kind!«, rief eine Frau entsetzt.

»Bestimmt ein Produkt des Teufels!«

»Ja, ja, du hast Recht! Sie ist eine Hexe und nicht verheiratet, wer sonst sollte der Vater sein, wenn nicht der Teufel selbst?«

Solche und ähnliche Bemerkungen flogen durch die Menge. Kate äußerte sich nicht, der erbarmungswürdige Zustand und die Schönheit des Mädchens hatten ganz tief in ihrem Inneren etwas angerührt.

Die Wärter mussten die Verurteilte mehr stützen, als dass sie selbst ging, und gerade, als sie zum Scheiterhaufen geführt wurde, kam erneut Unruhe in die Menschenmenge. Rufen und unterdrücktes Stöhnen pflanzte sich wellenartig vom einen zum anderen fort. Auch Kate und Sam reckten die Hälse, um besser sehen zu können.

Die vermeintliche Hexe war zusammengebrochen. Sie lag im Staub der Straße und hielt beide Hände auf ihren dicken Bauch gepresst. Ihr Gesicht verzerrte sich unter offensichtlich starken Schmerzen, die den zarten Körper erschütterten.

Die Wehen, durchzuckte es Kate. Ohne zu überlegen drängte sie sich rücksichtslos durch die Menge der Gaffer und war gleichzeitig mit einem Priester bei der sich krümmenden Frau.

»Sie bekommt das Kind«, rief Kate aufgeregt.

Der Priester starrte mit ausdruckslosem Gesicht auf die Szene.

»Wir müssen uns beeilen! Schnell, schafft sie auf den Scheiterhaufen und zündet ihn an.«

Erbost richtete sich Kate auf.

»Dieses Mädchen bekommt gerade ein Kind! Ihr wollt doch wohl nicht zum Mörder eines unschuldigen Kindes werden!«

Der Priester schaute Kate an, als bemerke er sie erst jetzt.

»Diese Frau ist in einem Gerichtsverfahren ordentlich verurteilt worden. Sie ist eine Hexe! Und dieses Kind kann nur die Ausgeburt ihres schändlichen Treibens mit den Mächten der Finsternis sein. Packt sie!«

Zwei Schergen traten vor und wollten das Mädchen aufheben, doch Kate warf sich dazwischen.

»Habt Ihr in Eurem Urteil auch das Kind zum Tode verdammt?«, fragte sie, sicher, dass das nicht geschehen war. Verlegen sahen sich der inzwischen hinzugekommene Bürgermeister und der Priester an.

»Ah … nein. Wir dachten, die Hinrichtung zu vollziehen, bevor das Kind zur Welt käme. Darum müssen wir uns jetzt beeilen.«

Kate, die die leichte Unsicherheit in seiner Stimme bemerkt hatte, erklärte in einem Ton, der keine Widerrede duldete:

»Es ist Gottes Wille, dass das Kind überlebt, darum wird es jetzt geboren. Es ist ein Zeichen!«

Und wirklich – der Bürgermeister befahl zwei Schergen, die werdende Mutter, die von der ganzen Unterhaltung vor lauter Schmerzen nichts mitbekommen hatte, in eine nahe Scheune zu bringen.

Sam Cardingham hatte sich neben seine Frau gedrängt.

»Was geht dich das an? Warum mischst du dich ein?«, fuhr er sie böse an. »Ein Balg mehr oder weniger auf dieser Welt – kommt es darauf an?«

Kate strafte ihn mit einem verächtlichen Blick, ließ ihn stehen und kümmerte sich um das Mädchen. Die Geburt stand kurz bevor. Kate, die schon bei unzähligen Geburten geholfen hatte und der das Glück, selbst einem Kind das Leben zu schenken, leider nie vergönnt gewesen war, erkannte bald, dass der Scheiterhaufen der armen Frau nichts mehr würde anhaben können. Die Qualen der Gefangenschaft und Folter hatten das junge Leben zerstört, sie würde die Anstrengung der Geburt gewiss nicht überleben.

Das Kind war ein Mädchen, etwas klein und zart, aber es schien gesund zu sein. Auf dem Köpfchen zeigte sich erster Flaum hellroten Haares. Glücklich lächelte die junge Mutter und streckte die Hände nach ihrer Tochter aus, und Kate legte ihr die Kleine an die Brust. Unter Aufbietung ihrer letzten Kräfte deutete diese in ihren Ausschnitt und flüsterte mit schwacher Stimme:

»Ich trage ein Medaillon auf meinem Herzen, der Vater des Kindes gab es mir zum Andenken. Bitte, nehmt es und gebt es meiner Tochter. Es ist das Einzige, was sie später an ihre Eltern erinnern wird.«

Kate nestelte das Schmuckstück vom Hals des Mädchens, das lächelnd die Augen schloss.

»Ich werde dein Kind zu mir nehmen. Es soll es immer gut bei mir haben, das verspreche ich dir.«

Nicht wissend, ob ihre Worte die Angesprochene noch erreicht hatten, nahm Kate das kleine, schreiende Menschenbündel auf den Arm und verließ festen Schrittes die Scheune. Sicher würde es Unstimmigkeiten mit ihrem Mann geben, der nicht gewillt war, einen solchen Bastard aufzunehmen, aber sie würde sich wie immer durchsetzen. Das Kind der vermeintlichen Hexe sollte in ihrem Haus ein Heim finden.

Kate und Sam verließen mit ihrem Wagen, in dem das Neugeborene einer ungewissen Zukunft entgegenschlief, bereits den Marktflecken, als hinter ihnen das Feuer des Scheiterhaufens aufloderte. Die Zuschauer grölten, endlich hatten sie ihr Schauspiel, doch die Menge wusste nicht, dass nur noch eine Leiche verbrannt wurde.

Zur selben Zeit stieg im viele Meilen entfernten London eine junge, attraktive, schwarzhaarige Frau in einem roten Wams gefasst die Treppen zum Blutgerüst hinauf. Dort wurde sie von ihrem Henker, der ein scharfes, französisches Schwert in seinen großen Händen hielt, erwartet. Anna Boleyn wechselte ein paar Worte mit dem Geistlichen und küsste das Kreuz, das er ihr entgegenhielt. Dann sprach sie mit fester, klarer Stimme und bat alle um Verzeihung, denen sie Unrecht getan hatte. Sie zürne keinem, der sie angeklagt und gerichtet habe, sagte sie zum Schluss und reichte, wie es Sitte war, dem Henker einen Taler für seine Mühe. Ihre Mutter, Lady Boleyn, verband ihr die Augen, und alle sanken in die Knie. Mit einem dumpfen Schlag des Schwertes auf dem Richtblock verlor Anna Boleyn, Königin der tausend Tage, ihr junges Leben.

Nicht weit von diesem Richtplatz entfernt, auf Schloss Hatfield, kletterte ein kleines Mädchen mit rötlich blondem Haar auf den Fenstersims und starrte in den schönen Frühlingsmorgen. Ihre Erzieherin Lady Bryan trat neben sie und nahm das Kind fest in die Arme.

»Lady Bryan, wo ist meine Mutter?«, fragte die Kleine mit piepsiger Stimme. »Warum besucht sie mich nicht mehr?«

Die Erzieherin wischte sich heimlich eine Träne aus den Augen.

»Verehrte Prinzessin, Ihr habt keine Mutter mehr.« »Aber jeder hat eine Mutter«, erwiderte das Kind ernst und bestimmt.

»Eure Mutter ist jetzt im Himmel und kommt nie wieder zurück.«

Doch damit wollte sich das Kind nicht zufrieden geben. »Sie kommt bestimmt zurück und besucht mich, meine Mutter hat mich doch lieb!«

Da drückte Lady Bryan das Kind fest an sich und weinte so bitterlich, dass die kleine Prinzessin Elisabeth ganz verwirrt war.

Man schrieb den 19. Mai im Jahre des Herrn 1536.

Kapitel 1

Als Margret erwachte, wurde sie von einer Welle des Schmerzes durchflutet. Einen Augenblick lang musste sie sich besinnen, wo sie war. Ihre Finger lagen in der noch warmen Asche des Kamins, und sie selbst hatte neben der Feuerstelle zusammengekauert geschlafen. Vorsichtig streckte sie sich. Im Dämmerlicht konnte Margret die große Halle erkennen, und nicht weit von ihr entfernt lag eine weitere Person auf dem Boden. Ein dicker Mann. Margret kannte ihn. Er war einer der Saufkumpane ihres Herrn. Margrets Erinnerung kehrte zurück.

Gestern hatte ihr Herr wieder eines seiner Gelage veranstaltet. Das Bier floss in Strömen, und Margret hatte alle Hände voll zu tun gehabt, die Männer zu bedienen. Dabei hatte sie schon seit dem Morgengrauen in den Ställen und im Brauhaus gearbeitet. Irgendwann in der Nacht begaben sich die Männer betrunken in die Zimmer, oder sie kippten einfach hier in der Halle von den Bänken und fingen auf dem Boden an zu schnarchen. Margret, völlig erschöpft, wollte wohl noch das Feuer im Kamin löschen. Dabei musste auch sie eingeschlafen sein.

Das Mädchen schüttelte die Asche von den Händen, durchquerte die Halle und trat durch eine niedrige Tür hinaus in den Küchenhof, der in dichten Nebel gehüllt war. Margret konnte kaum den Brunnen erkennen. Seufzend zog sie sich einen Eimer mit eiskaltem Wasser hoch und wusch sich bibbernd Hände und Gesicht.

Danach begann sie sich etwas besser zu fühlen. Tief atmete sie die frische Morgenluft ein. Es musste noch sehr früh sein, doch vereinzelt brachen erste Sonnenstrahlen durch das Grau. Endlich mal ein schöner Tag, dachte Margret. In diesem Jahr kam der Frühling sehr spät. Bis Mitte April lag Schnee in den Hügeln der Cotswolds. Jetzt, Mitte Mai, hatte es so viel geregnet, dass manche Leute von einer zweiten Sintflut sprachen. Die Bauern jammerten, denn die Felder standen unter Wasser. Sam Cardingham, ihren Herrn, betraf das nicht, er lebte von der Schafzucht und dem Verkauf der Wolle – und das nicht schlecht. Snowhill Manor war einer der größten Gutshöfe in der Umgebung. Das Hauptgebäude, ein kleineres Herrenhaus, war vor etwa hundert Jahren erbaut worden. Das Prächtigste an Snowhill Manor aber war seine Halle. Sie ging über zwei Stockwerke und besaß sogar eine kleine Musikantengalerie. Ein großer Kamin verbreitete an kalten Tagen wohlige Wärme. Sam Cardingham, für seine Gastfreundschaft bekannt, veranstaltete regelmäßig Feste in der Halle, so auch gestern Abend. Nur waren die Gäste nach Margrets Ansicht durchwegs vierschrötige, derbe Saufbolde, die zu viel spielten und tranken. Sie musste dann immer bedienen und war schutzlos den lüsternen Blicken und manchmal auch den Zugriffen der Männer ausgesetzt. Besonders reizvoll erschien es ihnen, Margret an ihrem langen roten Haar festzuhalten. Meistens forderten sie dann einen Kuss als Lösegeld. Margret fand das widerlich. Natürlich hatte sie sich bei ihrem Herrn schon oft über das Verhalten seiner Freunde beklagt, aber Sam Cardingham hatte sie kaum eines Blickes gewürdigt und nur gemeint, sie solle nicht so empfindlich sein. Überhaupt sprach der Herr nur das Notwendigste mit ihr und erteilte knappe, barsche Befehle. Margrets Tage waren mit Arbeit ausgefüllt, und nach Möglichkeit ging sie Sam Cardingham aus dem Weg. Er war ihr unheimlich.

Margret betrat die Küche. Hier brannte ein großes Feuer im Kamin. Sie stellte sich davor und hielt ihre Hände über die Flammen, bis ihr allmählich warm wurde. Dann holte sie sich eine Schale mit Milch aus der angrenzenden Milchkammer, wärmte diese ebenfalls, schnitt sich eine Scheibe des dunklen Brotes ab und setzte sich mit ihrem Frühstück an den großen Holztisch in der Küche. Sie konnte sich noch etwas Zeit lassen, bevor sie ihr Tagwerk begann. Nach solchen Trinkgelagen stand der Herr immer spät auf.

Die Tür öffnete sich, und eine rundliche Frau kam herein.

»Margret, du bist schon auf?«

»Guten Morgen, Agatha«, erwiderte Margret freundlich. Sie mochte die Köchin gern. Agatha war immer wie eine Mutter zu ihr gewesen.

Die Köchin setzte ein geheimnisvolles Gesicht auf, öffnete einen Schrank und kam mit einem Tablett, über das ein Tuch gedeckt war, zu Margret an den Tisch.

»Alles Gute zu deinem Geburtstag, mein Kind!«

Margret schaute erst erschrocken, dann erfreut, als Agatha das Tuch wegnahm und darunter ein kleiner, heller Kuchen zum Vorschein kam.

»Ich habe heute Geburtstag?«, fragte sie erstaunt.

Agatha nickte.

»Heute vor zwölf Jahren brachte dich die Herrin, Gott hab sie selig, in dieses Haus. Ich hoffe, der Kuchen schmeckt dir.«

»Sicher, doch nur, wenn du ihn mit mir teilst. Aber wann hast du denn Zeit gefunden, einen Kuchen zu backen? Wir hatten doch wegen der Gäste alle Hände voll zu tun?«

Die Köchin lächelte.

»Das hast du gar nicht bemerkt. Einfach nebenher. Bei den Mengen, die die Bande gestern wieder vertilgt hat, fällt es dem Herrn sowieso nicht auf, dass ich etwas für dich abgezweigt habe.«

Lachend griffen die beiden zu einem Messer und begannen den Kuchen zu teilen. Genussvoll verzehrten sie ein Stück nach dem anderen.

»Agatha, bitte, erzähl mir noch mal von dem Tag, als ich nach Snowhill Manor gebracht wurde«, bat Margret die Köchin. Zwar hatte sie die Geschichte schon öfters gehört – Agatha war damals bereits im Haus gewesen –, dennoch konnte sie nie genug bekommen, etwas über ihre wundersame Aufnahme als Waise zu erfahren.

»Wie jedes Jahr, nicht wahr, Margret? Also gut: An jenem Tag heute vor zwölf Jahren herrschte große Aufregung, als der Herr und die Herrin vom Markt in Winchcombe zurückkehrten. Wolle hatten sie keine verkauft, aber sie hatten ein Baby mitgebracht, ein kleines, neugeborenes Mädchen. Gott sei Dank hatte erst ein paar Tage zuvor eine der Schafschererfrauen ebenfalls ein Kind bekommen, und so konnte der Säugling, also du, Margret, von dieser Frau gestillt und versorgt werden. Unserer Herrin war es leider versagt geblieben, jemals ein lebendes Kind auszutragen. Mehrere Fehlgeburten hatten ihr schwer zu schaffen gemacht. Und damals war sie auch schon an die vierzig, also viel zu alt, um noch auf ein eigenes Kind zu hoffen. In den folgenden Jahren verbrachte sie so viel Zeit wie möglich mit dir. Sie hielt dich wie ihr eigenes Kind und schenkte dir ihre ganze Liebe.

Dem Herrn war das zwar nicht recht, aber er hatte hier nicht viel zu sagen. Vor der Heirat stand es nicht gut um das Gut. Erst durch die Mitgift der Herrin wurde Snowhill Manor zu dem, was wir heute kennen. Aber sie hat es ihren Mann stets spüren lassen. Darum kann ich es ihm nicht verdenken, dass er schon kurz nach dem Tod seiner Frau begann, ein solch ausschweifendes Leben zu führen.«

»Wann starb die Herrin?«, fragte Margret dazwischen.

»Lass mich nachdenken, Kind. Ich glaube, du warst noch keine drei Jahre alt. Ja, und dann war es für dich mit dem guten Leben vorbei. Zwar hatte der Herr seiner Frau auf dem Totenbett versprochen, immer gut für dich zu sorgen, aber kaum war sie unter der Erde, brachte er dich zu mir in die Küche.

›Will den Bastard nicht in meinen Räumen haben‹, sagte er damals in barschem Ton. ›Sie soll hier bei den Dienstboten bleiben. Bald wird sie alt genug sein, um für ihr Essen zu arbeiten.‹

Nun, seitdem hat er sich niemals mehr nach dir erkundigt. Du weißt ja selbst, Margret, dass er nicht viel mit dir zu tun haben möchte.«

Margret nickte.

»Das ist mir gerade recht. Ich finde ihn unheimlich. Doch habt ihr niemals erfahren, woher ich kam?«

Agatha schüttelte ihren Kopf.

»Nein, die Herrin sprach nicht darüber. Sie war einfach nur glücklich, dich zu haben. Und als sie dann tot war, traute sich natürlich keiner, den Herrn nach deiner Herkunft zu fragen. Du bist schon ein armes Würmchen. Wer weiß, wer deine Eltern waren?«

Margret sprang auf und umarmte die ältere Frau.

»Du warst immer wie eine Mutter zu mir. Dafür danke ich dir, Agatha. Wenn ich zurückdenke, dann kann ich mich nur an dich und die anderen Dienstmädchen erinnern, die sich rührend um mich gekümmert haben.«

Von draußen drangen Stimmen zu ihnen herein. Die restlichen Bediensteten waren aufgestanden, um mit der Arbeit zu beginnen. Auch Margret und Agatha erhoben sich, das Frühstück für den Herrn und seine Gäste zu bereiten. Eine Weile dachte Margret noch an die Worte der Köchin. Sooft sie auch die Geschichte gehört hatte, das Rätsel ihrer Herkunft blieb im Dunkeln.

Im Laufe des Vormittags reisten die Gäste nach und nach ab. Margret war gerade mit dem Säubern der Halle beschäftigt, als Agatha aufgeregt in den Raum trat.

»Margret, der Herr möchte dich sprechen! Jetzt sofort, in seinem Arbeitszimmer!«

»Mich?«, fragte Margret erstaunt. Sie war noch niemals, außer zum Putzen, in die Privaträume des Hauses gerufen worden.

Schnell lief sie zuerst in die kleine Dachkammer, die sie mit vier anderen Mädchen teilte, und zog sich eine frische Schürze über ihren einfachen Kittel. Einen Kamm besaß Margret nicht, so fuhr sie sich mit den Fingern durchs Haar, nahm es dann mit einem Faden zusammen und band ein Kopftuch darüber. Margret hoffte, ordentlich auszusehen, einen Spiegel gab es in dieser Kammer nicht.

Wenige Minuten später klopfte sie an die Tür des Arbeitszimmers.

»Herein«, ertönte die tiefe Stimme des Herrn. Schüchtern betrat Margret den kleinen Raum.

Sam Cardingham musterte das Mädchen mit zusammengekniffenen Augen. Groß war sie für ihr Alter und schlank. Obwohl noch ein halbes Kind, zeigte ihr Körper bereits an den richtigen Stellen wohl geformte Rundungen. Ja, sie sah recht gut aus und würde bestimmt einmal eine Schönheit werden, das musste er zugeben. Gut, sie hatte ihr rotes, lasterhaftes Haar unter einem Tuch versteckt!

»Setz dich, Margret«, forderte er das Mädchen auf.

Vorsichtig ließ sie sich auf der äußersten Kante des ihr zugewiesenen Stuhles nieder. Sam räusperte sich und begann: »Du fragst dich sicher, warum ich dich herkommen ließ?« Margret nickte.

»Weißt du, dass heute ein besonderer Tag ist? Heute vor zwölf Jahren bist du in dieses Haus aufgenommen worden.«

»Das wisst Ihr?«, entfuhr es Margret erstaunt, eine flammende Röte überzog ihr Gesicht.

Sam Cardingham nickte.

»Diesen Tag werde ich niemals vergessen! Es war der Wille meiner Frau, sich deiner anzunehmen. Ich musste ihr in ihrer Todesstunde versprechen, auch weiterhin für dich zu sorgen. Das habe ich getan, nicht wahr, Mädchen?« Sam Cardingham sah Margret so drohend an, dass diese nur stumm nicken konnte. Dann fuhr er fort:

»Du hast dich hier niemals über etwas beklagen können. Ich gab dir immer genug zu essen und zum Anziehen. Wie man sieht, ist aus dir eine gut gewachsene junge Frau geworden, ja, man könnte dich geradezu als hübsch bezeichnen.«

Margret errötete erneut. Das Gespräch war ihr peinlich. Auf was wollte der Herr hinaus? Sie wagte nicht zu fragen.

»Also, Margret, ich bin der Meinung, es ist an der Zeit, dass du selbst für dich sorgst. Du bedarfst meiner Unterstützung nicht mehr. Du bist alt genug, dich irgendwo als Magd zu verdingen.«

Margret saß wie erstarrt. Langsam sagte sie:

»Aber Herr, ich arbeite doch hier den ganzen Tag. Seid Ihr mit meiner Arbeit nicht zufrieden? Ich werde mich in Zukunft noch mehr anstrengen, ich verspreche es!«

Sam sah das Mädchen ärgerlich an. Er hatte gewusst, dass es Schwierigkeiten geben würde. Nun, sie war ja auch das Kind einer Hexe.

»Nein«, sagte er laut und bestimmt. »Ich will dich ganz einfach nicht mehr in diesem Hause haben, ist das klar? Ich habe meine Pflicht und Schuldigkeit gegenüber meiner toten Frau getan, aber jetzt fühle ich mich nicht mehr für dich verantwortlich.«

»Warum kann ich nicht hier bleiben?« fragte Margret leise.

Sam griff nach ihrem Kopftuch und riss es herunter. Margret schrie leise auf. Dann packte Sam ihren Arm und zerrte sie vor einen Spiegel.

»Schau dich an, Mädchen. Das gleiche rote Haar wie deine Mutter, dieselben Augen! Nein, ich möchte in meinem Haus nicht länger eine Hexe beherbergen!«

Margret nahm ihren ganzen Mut zusammen und fragte: »Ihr spracht soeben von meiner Mutter. War sie wirklich eine Hexe?«

Sam nickte heftig.

»Ja, und sie starb auf dem Scheiterhaufen. Gut, ich will dir die Geschichte erzählen.«

Und so erfuhr Margret an ihrem zwölften Geburtstag die Umstände, unter denen sie nach Snowhill Manor gekommen war. Je mehr Sam Cardingham erzählte, desto elender fühlte sie sich. Das Zimmer begann sich zu drehen. Unmissverständlich machte er ihr klar, dass er sie als Tochter des Teufels sah, und schlagartig wurde ihr bewusst, dass es sinnlos war, weiter zu betteln. Dieser Mann wollte sie so schnell wie möglich loswerden.

»So, nun weißt du alles. Ich möchte, dass du noch heute das Haus verlässt. Doch du wirst nicht völlig mittellos sein. Den Schmuck, den deine Mutter meiner Frau gab, habe ich die ganzen Jahre für dich aufbewahrt. Er stammt von deinem Vater. Ich bin ja kein Unmensch. Er gehört dir.«

Sam Cardingham holte aus einer Truhe ein Tuch heraus und gab es Margret.

Ihr stockte der Atem, als sie den herrlichen Anhänger aus Gold erblickte. Kostbare Edelsteine in Form eines Kreuzes waren auf der Vorderseite in das edle Metall eingelassen. Auf Grund der Dicke des Anhängers vermutete Margret, dass es sich um ein Medaillon handelte.

»Kann man es öffnen?«, fragte sie.

Sam schüttelte den Kopf.

»Ich habe es schon versucht. Es sieht aus wie ein Medaillon, aber ich habe nirgends einen Mechanismus zum Öffnen gefunden. Gib gut darauf Acht, Margret, es scheint sehr wertvoll zu sein. Vielleicht kannst du es verkaufen und von dem Geld deinen Lebensunterhalt bestreiten.«

»Verkaufen?« Margret drückte das Schmuckstück an ihre Brust. »Niemals«, rief sie. »Ihr sagt, meine Mutter habe den Anhänger von meinem Vater erhalten. Also ist er das Einzige, was mich mit meinen Eltern verbindet!«

»Nun gut, du kannst damit machen, was du willst. Gebe Gott, dass du nicht einmal dazu gezwungen wirst, das Schmuckstück zu veräußern. Aber nun geh, Mädchen – ich wünsche dir für die Zukunft alles Gute!«

Margret fiel in einen leichten Knicks, dann rannte sie aus dem Zimmer, zu aufgewühlt, um einen klaren Gedanken fassen zu können.

Agatha sah das junge Mädchen betroffen an.

»Du bist doch keine Hexe! Wie kommt er auf eine solche Idee?«, empörte sie sich.

»Nein, natürlich nicht«, erwiderte Margret, »aber ich bin die Tochter einer Hexe, und der Herr meint, das böse Blut stecke auch in mir.«

»Und das ausgerechnet an deinem Geburtstag!« Die Köchin schüttelte ungläubig ihr ergrautes Haupt. »Was willst du jetzt tun? Du bist doch noch ein halbes Kind! Wie kann dich der Herr einfach auf die Straße setzen!« Agathas volles Gesicht war vor Zorn rot angelaufen.

Margret hob hilflos die Schultern.

»Ich kann arbeiten, das habe ich hier bewiesen. Ich fürchte mich nicht, hart anzupacken. Aber den Anhänger werde ich niemals verkaufen!«

Agatha hatte das Schmuckstück lange angesehen und ebenfalls versucht, es zu öffnen, ohne Erfolg.

»Ich verstehe nichts von Schmuck«, sagte sie, »bestimmt würde das Medaillon viel Geld bringen.«

Aber Agatha verstand auch die Beweggründe des Mädchens, das einzige Erinnerungsstück an ihre Eltern zu behalten.

Kapitel 2

Der Abschied zwischen den beiden Frauen verlief kurz und ohne Emotionen. Sie waren an harte Arbeit gewöhnt, die für Gefühle keinen Platz ließ. Margret hatte Glück, denn Jem, der Stallbursche, fuhr noch am selben Vormittag nach Winchcombe. Als Agatha ihr das sagte, stand Margrets Entschluss fest: Sie wollte in die Stadt, in der ihre Mutter als Hexe verbrannt worden war. Vielleicht würde sie dort mehr erfahren oder traf Menschen, die für die Hinrichtung verantwortlich waren und ihr Auskunft über die Hintergründe und damit über ihre Mutter geben konnten. Natürlich wusste Margret von Agatha, dass Jem damals die Herrschaften kutschiert hatte. Aber dieser war seit acht Jahren, nach einer schweren Krankheit, stumm, und auch sein Verstand schien sich verwirrt zu haben. Es war unmöglich, ein Gespräch mit Jem zu führen.

So verlief die Fahrt über die schlammigen Straßen durch die Hügel der Cotswolds schweigend. Margret hatte viel Zeit zum Nachdenken. Heute Morgen war sie noch als heimatloses Findelkind erwacht, und jetzt hatte sie, zumindest mütterlicherseits, eine Familie. Aber die Gewissheit, von einer Hexe abzustammen, beruhigte Margret keineswegs.

Als sie auf dem Marktplatz von Winchcombe vom Wagen stieg, nickte Margret Jem einen kurzen Abschiedsgruß zu und schlenderte langsam über den kleinen Platz, in der rechten Hand ihre wenigen Habseligkeiten. Es war das erste Mal, dass Margret in Winchcombe war. Sam Cardingham hatte sie niemals zu den Markttagen mitgenommen.

Interessiert blickte Margret sich um. Ordentliche, kleine Häuser im typischen Tudorstil, schwarz-weißes Fachwerk mit spitzen Giebeln, drängten sich dicht an dicht um den Markt- und den Kirchplatz. Zum Teil waren die oberen Stockwerke so weit über die Fundamente zur Straße hin gebaut, dass sich die Dachfirste beinahe berührten.

Margret erkannte das Haus des Bürgermeisters sofort. Es war größer als alle anderen. Die mit Blei eingefassten Fenster waren mit kunstvollen Schnitzereien verziert, und die Tür hatte einen massiven Klopfer aus Messing. Ihren ganzen Mut zusammennehmend, schlug Margret laut an die Tür. Dumpf hallte es im Inneren wider. Wenig später öffnete eine ältere, streng blickende Frau.

»Wir geben nichts!«, sagte sie barsch, als sie das Mädchen erblickte, und wollte die Tür wieder schließen.

»Einen Augenblick!«, rief Margret schnell. »Ich möchte den Bürgermeister sprechen!«

Die Frau sah sie an, als würde sie an Margrets Verstand zweifeln.

»Was willst du?«, fragte sie erstaunt und musterte das rothaarige Mädchen von Kopf bis Fuß.

»Ich möchte den Herrn Bürgermeister etwas fragen«, antwortete Margret ohne Scheu und sah der Älteren furchtlos in die Augen. Diese stemmte die Hände in die Hüften und lachte. Aber es war kein fröhliches Lachen, beileibe nicht, sondern hochmütig und abwertend.

»Glaubst du wirklich, der Herr Bürgermeister würde mit jeder dahergelaufenen Dirne sprechen? Er hat wichtige

Geschäfte. Und außerdem – er ist gar nicht da. Wir erwarten ihn frühestens in vier Wochen von seiner Reise zurück.«

Noch während der letzten Worte wurde die Tür vor Margret heftig ins Schloss geworfen. Margret seufzte. Sie hatte es sich einfacher vorgestellt. Sie wollte doch nur wissen, warum ihre Mutter vor zwölf Jahren als Hexe angeklagt worden war. Sie sah sich um, ihr Blick fiel auf die Kirche. Der Pfarrer! Dieser hatte bestimmt den wichtigsten Part in dem Prozess innegehabt!

Diesmal hatte Margret mehr Glück. Im Inneren der Kirche fand sie den Geistlichen. Er hatte ein freundliches, aufgeschlossenes Gesicht, so dass Margret ihm vertrauensvoll ihre Geschichte erzählte. Doch der Pfarrer hob bedauernd die Schultern.

»Oh Mädchen, es tut mir Leid, dir nicht helfen zu können. Aber der Prozess war vor meiner Amtszeit in Winchcombe. Ich bin erst seit vier Jahren hier tätig. Natürlich habe ich davon gehört. Soweit ich informiert bin, war es seit Jahren die einzige Hexenverbrennung in der Stadt. Dem Gerede nach hat deine Mutter in Sudeley Castle in der Küche gearbeitet.«

»Sudeley Castle?« Margret hatte von dem Schloss noch nie etwas gehört.

»Ja, ganz Winchcombe lebt von den Seymours. Du wirst nicht behaupten wollen, du weißt nicht, dass die Königin in Sudeley lebt?« Der Pfarrer sah Margret fragend und beinahe vorwurfsvoll an.

Vor Scham wäre sie am liebsten davongelaufen. Natürlich wusste sie das nicht. Von welcher Königin sprach der Priester überhaupt? König Edward war doch noch viel zu jung, um eine Frau zu haben. Sam Cardingham hatte mit Margret nie über politische Dinge gesprochen, und Agatha war zwar eine herzensgute Frau, aber eben nicht sehr gebildet. Sie konnte, wie Margret, weder lesen noch schreiben. Das war ein Privileg der Reichen und Adligen. Selbst Sam Cardingham konnte nur mühsam buchstabieren. Also lauschte Margret gespannt dem Geistlichen, der nun zu erzählen begann:

»Thomas Seymour, der Onkel des Königs, heiratete Königin Katherine, die Witwe unseres guten Königs Heinrich. Sie hat sich völlig vom Hof zurückgezogen und lebt nun hier in Sudeley mit ihrem jungen Gemahl glücklich und zufrieden. Manchmal weilt auch Prinzessin Elisabeth im Schloss. Katherine hat ein besonders herzliches Verhältnis zu der jungen Prinzessin.«

Margrets Interesse am Bericht des Priesters erlahmte indes schnell. Das waren doch alles nur Namen von Menschen, in deren Welt sie nicht lebte. Sie jedoch wollte etwas über ihre Mutter erfahren und sah in Sudeley Castle eine neue Chance. Artig bedankte sie sich mit einem Knicks bei dem Priester und sagte:

»Ich werde nach Sudeley gehen. Vielleicht hat man dort Arbeit für mich.«

Der Priester wies ihr den Weg und wandte sich wieder dem Altar zu.

Margret verließ die Stadt in südlicher Richtung. Angst vor Überfällen schienen die Bürger nicht zu haben, das Stadttor stand weit offen, und Margret konnte erkennen, dass die Befestigung nur aus Holz war. Der Weg schlängelte sich durch blühende Rapsfelder, und etwas wie neue Hoffnung keimte in dem Mädchen auf.

Ihr ganzes bisheriges Leben hatte sie in Snowhill Manor verbracht und außer dem dazugehörigen Dorf nie etwas anderes gesehen. Jetzt begab sie sich nicht nur auf die Suche nach ihrer Identität, nein, vielleicht warteten auch aufregende Abenteuer auf sie!

Sudeley Castle war ein beeindruckender, wehrhaft gebauter Herrensitz. Die Türme des älteren Teils wurden von Zinnen und schwarzen Pechnasen gekrönt, die von häufigem Gebrauch, letztmalig wohl in den Zeiten der Rosenkriege, zeugten.

Margret sprach ein Mädchen, das eine schwere Milchkanne trug, an.

»Entschuldige bitte, ich suche Arbeit. Weißt du, ob hier eine Küchenhilfe gebraucht wird?«

Das Mädchen, vielleicht zwei, drei Jahre älter als Margret, musterte sie lange und antwortete dann:

»Ich denke schon. Letzten Monat ist ein Mädchen gestorben. Folge mir, ich bin sowieso auf dem Weg in die Küche. Übrigens – mein Name ist Babe.«

»Ich heiße Margret. Du bist sehr freundlich.«

Babe lächelte sie an. Sie trug ein schlichtes, graues Kattunkleid, und eine ebenfalls graue Haube verbarg ihr Haar. In ihrem frischen, rosigen Gesicht strahlten dunkelbraune Augen, und ihre Lippen gaben zwei Reihen weißer, ebenmäßiger Zähne frei.

»Woher kommst du?«, fragte sie Margret.

»Von Snowhill Manor.« Hoffentlich fragt mich niemand, warum ich meine Stellung dort verlassen habe, dachte Margret und beschloss insgeheim, vorerst nicht nach ihrer Mutter zu fragen, falls sie hier Arbeit bekommen sollte.

Die Haushälterin hieß Jane Forest und erinnerte in keiner Weise an die gutmütige Agatha. Sie war klein, hager und drahtig. Ihre grauen Augen schienen Margret zu durchbohren, doch diese hielt der Musterung stand.

»Du bist noch sehr jung«, sagte sie, nachdem Margret ihr Alter genannt hatte. »Aber du siehst kräftig und gesund aus. Wir werden es mit dir versuchen. Babe wird dir alles zeigen und dir deine Kleidung geben. Du hast eine Woche Zeit zu beweisen, ob du arbeiten kannst. Morgen Früh um fünf Uhr erwarte ich dich in der Küche.« Jane Forest hatte sich schon von Margret abgewandt, doch dann kam sie noch einmal zurück. »Ach ja, und noch eines: Achte darauf, dass dein Haar immer unter der Haube verborgen ist. Offenes Haar ist sündhaft, zumal wenn es so eine Farbe hat wie deines.« Mrs. Forests Blick ging in die Ferne. »Die Farbe erinnert mich an jemand, wir hatten schon einmal ein Mädchen mit solch rotem Haar ...« Sie ließ den Satz unvollendet.

Margret war aufmerksam geworden.

»Ja?«, fragte sie hoffnungsvoll, doch die Haushälterin hatte sich schon anderen Aufgaben zugewandt und beachtete das Mädchen nicht länger.

Inzwischen war der Abend hereingebrochen, und so stieg Margret fast im Dunkeln hinter Babe die steile Wendeltreppe hoch. Oben angekommen betraten sie einen großen, runden Raum, an dessen Wänden zehn Betten mit Strohauflagen standen. Margret erkannte sofort, dass der Raum richtige Fenster aus Glas und auch einen Kamin hatte.

»Hier schlafen wir«, erklärte Babe. »Mrs. Forest schließt uns jede Nacht ein und öffnet die Tür erst am nächsten Morgen wieder. So kommen wir nicht auf dumme Gedanken.«

Babe lachte und zwinkerte Margret vertrauensvoll zu. Und diese erkannte, dass ihre neue Freundin keineswegs so schüchtern war, wie sie sich in Gegenwart der Haushälterin gegeben hatte.

»Feuer dürfen wir nur im Winter machen, jetzt im Frühling nicht mehr«, erklärte Babe. »Doch manchmal ist es hier oben im Turm nachts noch ziemlich kalt.«

Margret war zu einem Fenster geeilt und schaute hinaus. Ihr Blick ging weit über die grünen Hügel der Cotswolds. Sie dachte an die zugigen Kammern in Snowhill Manor, wo die Fensterhöhlen im Winter nur notdürftig mit Lumpen verhängt worden waren. Dagegen fühlte sich Margret hier fast wie im Paradies.

Babe reichte ihr ein Gewand, das gleiche, wie sie selbst es trug, und erklärte: »Wir bekommen jedes Jahr zwei neue Kleider. Eines für den Sommer und ein wärmeres für den Winter. Gebadet wird am ersten Samstag im Monat, dann musst du auch dein Kleid waschen. Die Herrschaften halten viel auf Sauberkeit. Jeden Sonntagmorgen müssen wir den Gottesdienst besuchen, da brauchen wir nicht zu arbeiten. Du bist hoffentlich protestantisch?«

Margret wusste damit nicht viel anzufangen. In Snowhill Manor hatte es auch einen Gottesdienst gegeben, aber sie hatte nie gefragt, welche Religion praktiziert wurde.

Babe fuhr aufgeregt fort: »Du musst wissen, Margret, der Herr ist absolut protestantisch und duldet keinen Katholiken in seinem Haus. Nun, muss er ja auch, als Onkel des Königs!«

Margret schwirrte der Kopf von all dem Neuen, auch war sie hungrig und müde. Leise fragte sie nach etwas zu essen. Babe verschwand und kam kurz darauf mit einem Krug Wasser und trockenem Brot wieder.

»Ist aber nur heute, dass du hier essen darfst. Ab morgen nehmen wir alle gemeinsam die Mahlzeit nach Sonnenuntergang ein. Du siehst müde aus. Am besten legst du dich jetzt schlafen, damit du morgen ausgeruht für die Arbeit bist. Du kannst sicher sein, Mrs. Forest wird dich mit Argusaugen beobachten.«

Obwohl Margret glaubte, vor lauter Aufregung kein Auge schließen zu können, war sie schon eingeschlafen, bevor Babe die Kammer verlassen hatte.

Kapitel 3

Der große, breitschultrige Mann lehnte seinen Kopf an das bleiverglaste Fenster. Er sah jedoch nicht die Farbenpracht des Gartens, seine Gedanken waren weit fort. Admiral Thomas Seymour steckte in großen Schwierigkeiten und suchte verzweifelt nach einer Lösung. Er war meilenweit von diesem prächtigen Raum entfernt, so dass seine Frau ihn drei Mal rufen musste, bevor er sich nach ihr umwandte.

»Ja, Katherine?« Fast unwillig sah er sie an.

Katherine Seymour hatte sein unwirsches Gesicht bemerkt und biss sich auf die Lippen.

»Verzeih Thomas, es ist nichts. Ich wollte dich nicht stören.« Diese Worte straften ihr schmerzverzerrtes Gesicht Lügen, und Katherine konnte es nicht verhindern, dass sie sich stöhnend in den Rücken fasste. Mit drei Schritten war ihr Mann bei ihr. Seine Stimmung hatte sich gewandelt.

»Du hast wieder Schmerzen?« Es war mehr eine Feststellung als eine Frage.

Katherine Seymour, verwitwete Parr, verwitwete Tudor, nickte und bat um ein Kissen. Fürsorglich bettete Thomas seine Frau auf ein weiches Lager. Er war bemüht, ihr dabei nur in die dunklen Augen zu schauen und das aufgeschwollene, schwammige Gesicht nicht zu beachten. Katherine Seymour war im fünften Monat schwanger, aber sie sah aus, als wäre das Kind schon längst überfällig. Der Admiral blieb bei seiner Frau sitzen und hielt ihre dicke, kleine Hand, bis sie in einen leichten Schlummer gefallen war. Einige Minuten betrachtete er die Schlafende. Nichts, aber auch gar nichts hatte sich so entwickelt, wie er es sich vorgestellt hatte! Nicht seine Ehe und erst recht nicht seine politische Karriere. Das markante, gut aussehende Gesicht Thomas Seymours verzerrte sich vor Hass, als er an seinen Bruder Edward, den Herzog von Somerset, dachte.

»Ich bin der Lieblingsonkel des kleinen Königs!«, sagte er zu sich. »Nicht mein ernster, hinterhältiger Bruder. Der alte Trottel von König Heinrich hat den falschen Seymour zum Vormund seines Sohnes und Lordprotektor des Landes bestimmt!«

Zornig stand Thomas auf und ging wieder ans Fenster. Als sein Blick hinunter in den sommerlich blühenden Garten fiel, glaubte er seinen Augen nicht zu trauen. Mit einer Hand griff er Halt suchend nach der steinernen Brüstung. Das konnte doch nicht sein! Elisabeth! Ganz deutlich sah er die grazile Gestalt mit den roten Haaren zwischen den Blumenbeeten. Es waren nur wenige Sekunden, bis die Frau seinen Blicken wieder entschwunden war, doch Thomas war sicher, seine Geliebte erkannt zu haben.

»Aber wie kann das sein?«, murmelte er. »Elisabeth ist doch in Hatfield, seit Katherine sie von Sudeley fortgeschickt hat.«

Elisabeth! Des Admirals vorhin noch so schwere Gedanken waren nun plötzlich leicht und beflügelt. Mit Vergnügen dachte er an die Zeit zurück, als die Prinzessin hier unter seinem Dach gelebt hatte. Schon bald hatte er sich in Elisabeth verliebt. Nicht die ehemalige, sondern die künftige Königin hätte er ehelichen sollen! Denn dass Elisabeth in naher Zukunft den Thron besteigen würde, daran hatte er keinerlei Zweifel. Außerdem verehrte Elisabeth ihn, den zwanzig Jahre älteren Mann, von ganzem Herzen. Sie flirteten monatelang miteinander, und Katherine sah stets mit einem Lächeln zu. Sie wollte der jungen Prinzessin ein Heim bieten, etwas, das das Mädchen nie zuvor kennen gelernt hatte. Katherine lächelte immer noch, als Thomas jeden Morgen die leicht bekleidete Elisabeth in ihrem Schlafgemach besuchte und sie sich gegenseitig neckend und kitzelnd auf dem Bett wälzten. Aber sie lächelte nicht mehr, als sie Thomas und ihre Stieftochter mit entblößter Brust, in inniger Umarmung und sich küssend, auf dem Fußboden fand. Noch am gleichen Tag musste Elisabeth das Schloss verlassen.

Thomas Seymour bedauerte, die falsche Frau geheiratet zu haben. Elisabeth wäre Wachs in seinen Händen gewesen. Jetzt regierte sein Bruder durch den kleinen König Edward das Land. Aber in Thomas keimte Hoffnung. Wenn Katherine einen Jungen zur Welt bringen würde – der Admiral war überzeugt, dass es ein Junge werden würde –, könnte dieser im passenden Alter die Prinzessin heiraten. Was machte es schon, dass Elisabeth fünfzehn Jahre älter war? In einigen Jahren würde sie Königin sein, denn König Edward war schwach und kränklich. Nach Heinrichs Verfügung sollte ihm zwar seine älteste Tochter Mary auf den Thron folgen, doch jeder wusste, dass Mary erzkatholisch war und das Land keinen katholischen Herrscher wollte. Mit seiner Hilfe würde dann Elisabeth Königin von England werden. Er schaute noch einmal in den Park. Die rothaarige Gestalt war verschwunden.

»Ein Trugbild«, murmelte Thomas, »ich vermisse Elisabeth so sehr, dass ich meine, sie am helllichten Tag zu sehen.«

Doch der Gedanke an das geliebte Mädchen ließ Thomas Seymour nicht los.

Margret hatte sich in Sudeley Castle gut eingelebt. Die Arbeit war hart, aber leichter als in Snowhill Manor. Dort war Margret, neben Agatha, für alles zuständig gewesen. Immer musste sie an vier Stellen gleichzeitig sein. Hier in Sudeley hatte jedes Mädchen seinen festen Aufgabenbereich.

Margret arbeitete hauptsächlich in der Spülküche und war für das Putzen des Gemüses zuständig. In den ersten zwei Wochen hatte Mrs. Forest sie mit Argusaugen beobachtet, doch Margret gab der hageren Frau keinen Anlass zur Kritik. Sie trug ihr rotes Haar, ganz nach Anweisung, immer unter einem Tuch verborgen, und sie war hartes Arbeiten gewöhnt. Nur manchmal, wenn Margret im Garten frische Blumen für die Räume schnitt und sich unbeobachtet fühlte, ließ sie sich die Sonne aufs Haar scheinen. Nach einigen Tagen sagte Mrs. Forest in ihrer knappen Art zu ihr: »Kann es kaum glauben, dass du erst zwölf Jahre alt bist. Siehst nicht nur älter aus, arbeitest auch wie eine Erwachsene. Bist ein gutes Mädchen.«

Babe, die diese Bemerkung gehört hatte, stieß Margret in die Seite und zwinkerte ihr zu.

»Jetzt bist du bei der alten Hexe gut angesehen! Zu mir hat sie noch nie so gesprochen«, meinte sie später.

Margret erwiderte nichts. Sie hatte bald bemerkt, dass Babe zwar ein nettes, aber auch oberflächliches Mädchen war. Sie erledigte ihre Aufgaben immer etwas schlampig, dafür interessierte sie sich mehr für die männlichen Knechte und Diener im Schloss.

In ihrer Kammer schliefen noch drei weitere jüngere Mädchen: Megan, Ryan und Emma. Sie waren vom gleichen Schlag wie Babe. Jeden Abend tuschelten und lachten sie zusammen. Alle vier schwärmten für den Herrn von Sudeley Castle, für Admiral Seymour. Margret konnte das nicht verstehen. Sie hatte ihn zwar einmal aus der Ferne gesehen, doch war er ihr von Herzen unsympathisch. Warum, das konnte sie nicht sagen. Wenn die Mädchen die Köpfe zusammensteckten, rollte sich Margret in ihre Decke ein und genoss es, in einem Bett zu schlafen. Sie fühlte sich hier in Sudeley Castle fast wie im Paradies.

Im September 1548 kam Lady Katherine nieder. Es war eine schwere Geburt, und Katherine schenkte einer gesunden Tochter das Leben, aber für sie selbst war es zu viel gewesen. Alle dachten, die Freude über die glückliche Geburt des Kindes würde ihr helfen, schnell wieder zu Kräften zu kommen. Doch sieben Tage später starb die Lady in den Armen ihres Mannes. Katherine Seymour, einstmals Königin von England, wurde mit viel Prunk und Pomp in der Kapelle beigesetzt. Wochenlang herrschte tiefe Trauer im Schloss, nicht einmal die fröhliche Babe wagte ein Lächeln. Doch das Leben ging weiter in Sudeley Castle.

An einem schönen Novembertag ging Margret nach der sonntäglichen Kirche durch die Gärten, die für Dienstboten geöffnet waren. Die Sonne schien fast frühlingshaft warm vom Himmel, und so hatte Margret, weil sie sich unbeobachtet fühlte, ihr Kopftuch abgenommen und summte eine Melodie vor sich hin. Plötzlich wurde sie von hinten umarmt, so fest, dass ihr die Luft wegblieb.

»Elisabeth, was tust du hier?«

Ein Mund presste sich auf ihren Hals. Margret stieß einen Schrei aus und versuchte, sich freizumachen.

»Seit wann bist du zurück? Du bist gekommen, weil Katherine tot ist, nicht wahr? Aber sprich, was hast du nur für ein unmögliches Kleid an?«

Endlich gelang es Margret, sich umzudrehen. Vor ihr stand Thomas Seymour! Bevor sie etwas sagen konnte, packte er sie an den Schultern und sah sie überrascht an. »Wer, zum Teufel, bist du?«, herrschte Seymour sie an. »Ich hätte schwören können, Elisabeth stünde vor mir!«

Thomas war zutiefst verwirrt. Dieses Mädchen war das Ebenbild der Prinzessin, ohne Frage. Die gleiche Statur, die gleichen Haare. Nur wenn er sie jetzt genauer betrachtete, stellte er fest, dass ihr Haar eine Nuance röter war und ihre Augen grün statt grau.

»Ich arbeite in der Küche«, entgegnete Margret leise. Sie war zutiefst verschüchtert und konnte sich die Äußerungen des Admirals nicht erklären.

Thomas Seymour stieß sie so abrupt von sich, dass Margret strauchelte. Mit einem letzten Blick auf sie wandte er sich um und ging kopfschüttelnd davon. Diese Ähnlichkeit war verblüffend.

Anfang des Jahres 1549 überschlugen sich die Ereignisse in Sudeley Castle. Admiral Thomas Seymour wurde am 17. Januar verhaftet und des Hochverrats angeklagt. Ihm wurde vorgeworfen, den König gegen seinen Onkel, Edward Seymour, den Herzog von Somerset, aufgehetzt zu haben. König Edward verfügte über wenig Taschengeld und wurde von seinem Reichsprotektor, dem mächtigsten Mann im Lande, sehr kurz gehalten. Thomas hatte ihm heimlich Geld zugesteckt, ihn gebührlich bedauert und die unvorstellbare Kühnheit und Torheit besessen, mit Edward Möglichkeiten zu erörtern, Somerset loszuwerden. Ihn auch notfalls zu töten, so wurde es jedenfalls berichtet, damit Edward endlich als richtiger König regieren und Onkel Thomas als seine rechte Hand ihm dabei helfen könne. Der Admiral begann, mächtige Freunde um sich zu sammeln, die sich Vorteile davon versprachen, Somerset zu stürzen. Diese trafen sich regelmäßig in Sudeley Castle und legten im Schloss ein umfangreiches Waffenlager an. Zu diesen Leuten gehörte auch ein gewisser Sir William Sharington, der Schatzmeister und Leiter des Münzamtes in Bristol. Sharington ging aber nur zum Schein auf die Intrige ein. Als die Beweise unwiderlegbar waren, eilte er zu Somerset und gestand ihm den Betrug. Dieser war nun im Besitz des Beweismaterials, das er benötigte, um seinen Bruder, der ihm schon lange ein Dorn im Auge war, des Hochverrats anzuklagen.

Auch Prinzessin Elisabeth wurde in Hatfield unter Arrest gestellt. Nachdem Somerset ihre Kinderfrau Kat Ashley, deren Mann und den Diener John Parry verhaftet, grausam gefoltert und so ein Geständnis erzwungen hatte, wurde Elisabeth vorgeworfen, mit Thomas Seymour gemeinsame Sache gemacht zu haben. Nach Somersets Sturz sollte auch der König ermordet werden und Seymour an der Seite Elisabeths den Thron besteigen. Nur weil König Edward seine Schwester sehr liebte und diese Verleumdungen nicht glauben wollte, entging Elisabeth einer Haft im Tower. Aber sie wurde unter strenger Bewachung durch das Ehepaar Tyrwhitt in Hatfield gefangen gehalten.

Der Herr von Sudeley Castle, Admiral Thomas Seymour, legte am 20. März 1549 seinen Kopf auf den Richtblock, und das Schloss ging in den Besitz der Krone über.

Margret war über diese Ereignisse erschüttert, konnte sie aber nicht verstehen. Sie hatte sich noch nie für Politik interessiert, aber es betrübte sie, Seymour tot zu wissen. Für die Dienerschaft im Schloss änderte sich nichts, und das war für Margret das Wichtigste. Sie fühlte sich hier wohl, außerdem hatte sie noch nichts über ihre Mutter in Erfahrung bringen können. Mrs. Forest, die ihr wohlgesonnen war, wollte offensichtlich nicht über die Zeit vor knapp dreizehn Jahren sprechen. Aber Margret war fest entschlossen, irgendwann mehr über ihre Mutter zu erfahren.

Die Gelegenheit ergab sich an einem warmen Frühlingstag nach der sonntäglichen Messe. In Winchcombe war Markttag, und fast alle Bediensteten des Schlosses hatten den Tag freibekommen, um das Fest zu besuchen. Babe, Megan und Emma waren gleich nach dem Gottesdienst mit glänzenden Augen losgezogen, doch Margret hatte sich ihnen nicht angeschlossen.

»Komm, Margret«, hatte Babe gesagt, »wir machen uns einen schönen Tag. Hier im Schloss haben wir nicht viel Spaß, aber auf dem Markt gibt es jede Menge hübsche junge Männer. Es wird langsam Zeit, dass du dir einen Verehrer zulegst. Weißt du eigentlich, dass du eine wirkliche Schönheit bist?«

Margret senkte verlegen den Kopf und murmelte, sie fühle sich nicht wohl und ihr stünde heute nicht der Sinn nach Vergnügen.

»Weißt du, dass du manchmal ganz schön langweilig bist?«, herrschte Emma sie in ihrer rauen Art an.

»Kommt Mädchen, lassen wir das Blümchen Rührmichnichtan. Wir wollen unseren Spaß haben.«

Etwas betrübt sah Margret den Mädchen nach. Sie wusste nicht, warum sie sich heute so deprimiert fühlte und das Bedürfnis hatte, allein zu sein. Langsam schlenderte sie durch den Garten des Schlosses und schlug den Weg hinunter zu dem kleinen See ein. Margret setzte sich ans Ufer, warf Kieselsteine ins Wasser und starrte auf die Kreise, die sich an der Oberfläche bildeten. Zwei stolze weiße Schwäne schwammen auf sie zu und musterten Margret mit ihren kleinen, dunklen Augen.

»Du bist nicht im Dorf auf dem Fest?«

Margret erschrak und drehte sich um. Sie hatte nicht bemerkt, dass Jock, einer der Gärtner, sich ihr genähert hatte.

»Hast du mich erschreckt!«, sagte sie. »Ich dachte, es seien heute alle in Winchcombe.«

Jock lächelte und entblößte dabei seine gelben Zahnstummel. Er war schon alt, bestimmt schon über fünfzig, und die Arbeit fiel ihm zusehends schwerer.

»Na, wir beide wohl nicht. Darf ich mich zu dir setzen?.«

Margret nickte und rückte ein wenig zur Seite. Sie mochte den alten Knaben, er war ein Einzelgänger wie sie. Sie hatte von Babe erfahren, dass Jock vor Jahren ein schlimmes Erlebnis hatte, über das niemand in Sudeley Castle sprach. Seitdem war er sehr verschlossen geworden. Doch er hatte eine stille, freundliche, unaufdringliche Art, und jeder im Schloss mochte ihn.

Margret nahm ihre Haube ab und schüttelte die Haare. Die Sonne schien warm vom Himmel, und sie war froh, nicht zum Markt gegangen zu sein.

Jock starrte sie an, bis Margret irritiert fragte:

»Was siehst du mich so an?«

»Du siehst aus wie sie damals ...«

Sein Blick schien durch Margret hindurchzugehen, und in seine braunen Augen trat ein seltsamer Schimmer. Margret spürte, wie sie Angst bekam. Sie stand auf.

»Ich glaube, ich muss jetzt gehen.«

»Warte, bitte! Es tut mir Leid, wenn ich dich erschreckt habe. Margret – so ist doch dein Name, oder?« Margret nickte. »Ich habe dich manchmal beobachtet«, sprach Jock weiter und lächelte jetzt wieder freundlich. »Du erinnerst mich an eine Frau, die vor vielen Jahren hier lebte. Sie arbeitete in der Küche wie du. Und sie hatte das gleiche rote Haar ...«

Margret stockte der Atem. Konnte es sein, dass Jock ihre Mutter gekannt hatte?

»Erzähle mir von ihr«, sagte sie leise, bemüht, ihr Interesse nicht zu deutlich zu zeigen.

Jocks Blick ging in die Ferne, als er zu sprechen begann.

»Es ist einige Jahre her, wahrscheinlich vor deiner Geburt. Im Dorf lebte eine Familie, einfache Schafhirten, aber freundlich und bei allen beliebt. Sie hatten eine Tochter – Larissa.«

»Larissa? Ein seltsamer Name«, warf Margret ein. Jock nickte.

»Ja, aber er passte zu ihr. Sie hatte rotes, lockiges Haar – so wie du, Margret. Ihre grünen Augen blitzten vor Lebenslust. Als ihre Eltern bei einer Pestepidemie ums Leben kamen, war sie gerade dreizehn Jahre alt. Larissa kam als Küchenmagd nach Sudeley Castle. So lernte ich sie kennen. Ich war einige Jahre älter als sie, und ich glaube, Larissa sah bald eine Art Vaterersatz in mir. Nun, ich muss ehrlich zugeben, meine Gefühle für sie waren alles andere als väterlich. Aber ich wollte das Mädchen nicht drängen, ich wollte ihr Zeit lassen und immer für sie da sein, wenn sie mich brauchte. Larissas Schönheit blieb den Männern nicht verborgen. Scharenweise bemühten sie sich um ihre Gunst, aber Larissa, die von Monat zu Monat begehrenswerter wurde, bewahrte ihren tadellosen Ruf. Ja, und dann – sie war gerade fünfzehn Jahre alt geworden – konnte es jeder sehen: Larissa erwartete ein Kind. Die strenge Mistress Forest wurde erst bleich, dann grün im Gesicht, als sie es erfuhr, und Larissa musste das Schloss auf der Stelle verlassen. Damals lebte ein Bischof hier in Sudeley, Fauntroy war sein Name, glaube ich. Er war der Erste, der gegen Larissa wetterte. Sonntags, in der Kirche, predigte er mit seiner dunklen, harten Stimme gegen das Böse in der Welt. Und Schuld an all der Sünde habe das Weib, ganz besonders das rothaarige Weib. Ich hatte Larissa in meiner Hütte aufgenommen, weil sie mir wirklich Leid tat. Sie zeigte mir ihre Dankbarkeit, indem sie kochte und die Hütte sauber hielt. Mehr erwartete ich nicht von ihr. Doch nie sprach Larissa über den Vater ihres Kindes. Nur manchmal huschte ein verträumter Ausdruck über ihr Gesicht, und oft brach sie in Tränen aus. Ich wollte nicht in sie dringen; wollte, dass sie ihr Geheimnis erst preisgab, wenn sie es für richtig hielt.

Doch dann überschlugen sich die Ereignisse. Es starben plötzlich Dutzende von Schafen, ein großer Verlust für Winchcombe. Bischof Fauntroy predigte von seiner Kanzel, über dem Dorf liege ein Fluch, weil die rothaarige Hexe mit der Frucht der Sünde im Leib sich immer noch unter uns befände. Immer mehr Menschen glaubten ihm, verkündete er denn nicht Gottes Wort? Ich bat, nein, ich flehte Larissa an, den Vater des Kindes bekannt zu geben, doch sie lächelte nur – und schwieg. Eines Nachts wachte ich von ihren Schreien auf. Schnell eilte ich in Larissas Kammer, sie saß mit aufgerissenen Augen zitternd im Bett.

›Ein Albtraum‹, sagte sie leise. ›Der Bischof ...‹ Sie schluchzte verzweifelt und erzählte mir, der Gottesmann habe ihr nachgestellt. Es hatte sie zutiefst erschüttert, denn Fauntroy hatte ihr alle Höllenqualen der Welt vorausgesagt, wenn sie ihn nicht erhörte. Ich fragte sie, ob der Bischof der Vater des Kindes sei. Da lachte Larissa laut auf, es war ein unheimliches Lachen. ›Nein‹, sagte sie, ›mein Kind ist ein Kind der Liebe. Auch wenn ich den Mann niemals wiedersehen werde. Einmal konnte ich sehen, dass sie unter ihrer Kleidung ein Medaillon trug. Es schien sehr wertvoll zu sein. Ich fragte sie jedoch nicht danach, denn in mir keimte der Verdacht, dass sie es gestohlen haben könnte, und ich wollte Larissa nicht in noch größere Schwierigkeiten bringen. Ja, und dann kamen sie. Ein Trupp Männer – zwanzig oder dreißig. Allen voran der strenge Bischof mit verkniffenen Lippen und hasserfülltem Blick. Ich versuchte Larissa zu beschützen, schloss sie in die Hütte ein und stellte mich den Männern entgegen. Aber ich hatte keine Chance. Stunden später erwachte ich im Kerker, und dann folterten sie mich. Sie wollten mein Geständnis, mit Larissa und dem Teufel das Dorf verflucht zu haben. Ich blieb stark, ich ertrug es, aber es nutzte nichts. Ich war immer noch eingesperrt, als sie Larissa hinrichteten. Erst Wochen später ließen sie mich frei. Zuerst wollte ich fort von hier, aber wohin sollte ich denn gehen? Ich liebte die Arbeit in den Gärten des Schlosses, und ich hatte meine Ruhe. Irgendjemand erzählte mir, Larissas Kind sei von einer fremden Familie mitgenommen worden.

Ich habe nie mehr etwas erfahren, aber ich habe auch nicht nachgeforscht. Der Bischof verließ bald darauf die Cotswolds, er wurde nach London an den Hof berufen.«

Abrupt beendete Jock seine Erzählung, schloss erschöpft die Augen und ließ sich ins Gras sinken. Es hatte ihn offensichtlich viel Kraft gekostet.

Margret saß wie betäubt und starrte ins Wasser. Nun wusste sie alles, die Geschichte ihres Lebens. In ihrem Inneren tobte ein Kampf der Gefühle. War nicht vielleicht doch dieser Bischof ihr Vater? Aber warum hatte ihre Mutter dann geschwiegen? Und was hatte es mit dem Medaillon auf sich? Wohl kaum würde ein Bischof so ein kostbares Schmuckstück verschenken. Hatte es ihre Mutter gestohlen? Larissa – endlich gab es einen Namen. Sanft berührte Margret Jocks Schulter. »Das Kind – es war ein Mädchen«, sagte sie. »Und ... es geht ihm gut.« Langsam zog sie das Medaillon hervor und zeigte es ihm.

Jock starrte sie mit offenem Mund an.

»Du?«, fragte er fassungslos. »Du bist ihre Tochter!«

Er schloss Margret in seine alten, schwachen Arme, und Margret hörte, dass er wie ein kleines, verlassenes Kind weinte. Auf einmal fühlte sie sich geborgen, sie wusste, sie hatte ihren Platz auf dieser Welt gefunden.

Kapitel 4

Einige Jahre waren seit dem Tod von Thomas Seymour vergangen. Das Leben in Sudeley Castle, von den politischen Ereignissen im Königreich unberührt, war in ruhigen, geordneten Bahnen verlaufen. Das Schloss gehörte nun zwar der Krone, die aber hatte die Leitung einem besonnenen Verwalter überlassen.

Auch der Herzog von Somerset war schließlich auf dem Schafott gelandet, und ihm folgten viele. Nach dem Tod von König Edward versuchten mächtige Männer, Lady Jane Grey, eine Großnichte König Heinrichs, zur Königin zu machen, doch Mary pochte auf ihr verbrieftes Recht der Thronfolge. Nach nur neun Tagen zog sie mit großem Gefolge in London ein und herrschte nun als rechtmäßige Königin von England. Auch die unglückliche und im Prinzip unschuldige Jane Grey verlor ihren Kopf. Königin Mary begann mit Philipp, dem König von Spanien, wegen einer Heirat zu verhandeln, und das Land wurde nun wieder Rom und dem Papst zugeführt, der huldvoll den Bannfluch – einst über König Heinrich ausgesprochen – löste.

Inzwischen war Margret zu einer schönen jungen Frau herangewachsen. Mit Jock, dem Gärtner, verband sie eine innige Freundschaft. Immer wieder musste er ihr von Larissa erzählen, jede Kleinigkeit war wichtig für sie. Stundenlang saßen sie zusammen, und als Jock in einem strengen Winter starb, war es Margret, als würde man einen Teil von ihr begraben. In der Nacht hielt sie jetzt häufig stumme Zwiesprache mit ihrer Mutter, die ihr durch Jocks Erzählungen vertraut geworden war.

Babe hatte einen Stallknecht geheiratet und erwartete bereits ihr zweites Kind. Bei der sonntäglichen Messe in lateinischer Sprache und nach katholischem Ritus wurde nun wieder die Hostie hochgehalten. Margret langweilten diese Stunden, in denen sie nichts verstand, unsäglich, aber letztlich war es ihr egal, wer das Land regierte.

Das Leben in Sudeley Castle verlief so ruhig und angenehm, dass es jeden überraschte, als an einem schönen Frühlingstag im Jahre 1554 ein Trupp bewaffneter Soldaten durch das Tor ritt. Sofort herrschte helle Aufregung, denn die Männer durchsuchten alle Räume und trieben die Menschen im Hof zusammen. Margret und Megan drückten sich zitternd in die Gruppe der Mägde, sie konnten sich keinen Reim auf ein solches Vorgehen machen. Nach einer knappen Stunde waren alle Anwesenden versammelt und wurden mit Waffen in Schach gehalten. Ein großer, breitschultriger Mann mit harten Gesichtszügen stellte sich vor die Menge und sagte mit lauter Stimme: »Das Komplott, die Königin zu ermorden, ist vereitelt worden. Der Drahtzieher Thomas Wyatt befindet sich bereits im Tower. Uns ist zu Ohren gekommen, dass Prinzessin Elisabeth aus Hatfield geflohen ist und sich hier versteckt hält. Darum rate ich euch im Guten: Gebt Elisabeth sofort heraus, und euch wird nichts geschehen!«

Betroffenheit machte sich in der Menge breit. Auch Margret sah sich suchend um. Prinzessin Elisabeth hier in

Sudeley Castle? Nein, niemand habe sie gesehen, bekräftigte jeder laut. Der Anführer der Soldaten schritt langsam die Reihen ab und sah jedem ins Gesicht. Als er zu Margret kam, stockte er und riss ihr mit einem Ruck das Tuch vom Kopf. Margrets rotes Haar fiel in langen Locken bis auf die Hüften.

»Na also, Eure Hoheit, Ihr habt Euch als Dienstmagd verkleidet. Ein schlauer Gedanke! Aber es nützt Euch nichts. Würdet Ihr jetzt bitte mit mir kommen?«

Margret sah den Mann verstört an. Was sagte er da?

»Aber nein, nein ...«, stammelte sie, völlig verwirrt, »ich bin Margret, ein Küchenmädchen.«

»Das könnt Ihr der Königin erklären. Vergesst nicht, Prinzessin, ich kenne Euer Antlitz. Kommt Ihr jetzt freiwillig mit? Es würde mir Leid tun, Euch gegenüber Gewalt anwenden zu müssen.«

Margret sah sich Hilfe suchend um. Die Dienerschaft starrte sie an, aber keiner rührte einen Finger, ihr zu helfen. Die Angst stand allen ins Gesicht geschrieben.

»Megan!«, rief sie verzweifelt. »Du weißt doch, wer ich bin! Sag ihnen, dass ich nicht Elisabeth bin!«

Megan aber blieb stumm und versteckte sich hinter einem Reitknecht.

Binnen weniger Minuten war Margret auf ein Pferd gesetzt, waren ihre Hände gefesselt worden. Links und rechts von zwei Bewaffneten geführt, verließen sie Sudeley Castle. Margret, des Reitens unkundig und vollkommen verstört, achtete nicht auf ihr Gleichgewicht und stürzte schon nach wenigen Metern vom Pferd. Der Anführer der Truppe fuhr sie barsch an:

»Ich weiß, dass Ihr eine großartige Reiterin seid, Prinzessin. Also gebt Euch keine Mühe, Euch zu verstellen und weiterhin die Dienstmagd zu spielen.«

Margret protestierte erneut.

»Ihr verwechselt mich, so glaubt mir doch! Ich bin der Prinzessin noch nie im Leben begegnet.«

Doch die Männer lachten nur rau auf, und dann ging der Ritt flott und schweigsam voran. Margret musste ihre ganzen Kräfte aufbieten, nicht erneut vom Pferd zu fallen. Bald taten ihr alle Knochen weh, und ihre Schenkel scheuerten sich blutig.

Erst gegen Abend machten sie Rast. Die Männer schlugen ein Nachtlager auf, Margret wurde frisch gebratenes Huhn und Wein vorgesetzt, doch sie bekam keinen Bissen hinunter. Trotz aller Angst war sie wenig später eingeschlafen, die Erschöpfung des Tages forderte ihren Tribut.

Gegen Nachmittag des nächsten Tages erreichte die Gruppe London. Margret befand sich in einer Art Dämmerzustand, sie hatte höllische Schmerzen, und ihr war übel vor Hunger. Sie passierten die Stadt durch das Westtor und ritten am nördlichen Themseufer entlang. Um sie herum herrschte reges Treiben. Die bewaffnete Truppe zog aller Augen auf sich, doch Margret hielt ihren Blick gesenkt, ihr jagten die vielen Menschen Angst ein. Erst als der Tower in Sicht kam, schreckte sie auf. Panik machte sich in ihr breit. Man brachte sie in den Tower von London! Margret wusste aus zahlreichen Erzählungen, dass selten jemand dieses trutzige Gemäuer lebend verlassen hatte.

Der Anführer übergab seine Gefangene zwei kräftigen Wärtern. Diese behandelten sie zwar höflicher, aber sie lösten nicht ihre Fesseln. Margrets Handgelenke, durch den Strick wund gescheuert, schmerzten ebenso wie ihre Schenkel von dem ungewohnten Ritt. Die Wärter, der eine stellte sich als Henry Wright vor, führten sie durch endlose Gänge und über steile Treppen in einen Raum. Hier sah sich Margret überrascht um. Sie hatte einen Kerker erwartet, und wenn sie auch noch nie in einem gewesen war, so hatte sie doch bestimmte Vorstellungen von einem Verlies. Doch dieser Raum hier entsprach bei weitem nicht ihren Erwartungen.

»Was soll ich hier?«, fragte sie leise Henry Wright.

Dieser deutete eine leichte Verbeugung an und sagte: »Ihre Gemächer, Mylady. Es werden sofort zwei Damen kommen, die Euch zur Verfügung stehen.«

Margret setzte sich langsam auf das Bett.

»Hör zu, Henry«, sagte sie bestimmt, »hier liegt eine Verwechslung vor. Alle halten mich anscheinend für Prinzessin Elisabeth, aber ich bin nur Margret Cardingham, eine Küchenmagd aus den Cotswolds.«

»Ich kann mir denken, Mylady, dass Ihr Angst habt, weil Ihr im Tower seid. Aber seid versichert, die Königin hat mir aufgetragen, bestens für Euer Wohlbefinden zu sorgen.«

Mit diesen Worten verließ Henry Wright, rückwärts dienernd, das Gemach. Und dann vernahm Margret das quietschende Geräusch, als der Schlüssel im Schloss gedreht wurde. Sie war eingeschlossen.

Staunend sah sich Margret in ihrem Gefängnis um. Nun, wenn alle glauben wollten, sie sei Elisabeth, dann sollten sie doch – solange sie in einem solchen Palast wie diesem Raum wohnen konnte! Margret hatte in Sudeley Castle nie die herrschaftlichen Räume betreten dürfen, aber so hatte sie sich diese immer vorgestellt. Das Bett war der zentrale Mittelpunkt des Zimmers. Margret schätzte, dass mindestens fünf Menschen gleichzeitig darin schlafen konnten. Grüne, kunstvoll bestickte Samtvorhänge und ein ebensolcher Himmel gaben dem Bett etwas Heimeliges. Die Wände waren holzvertäfelt und zum Teil mit Gobelins geschmückt. Die Tische, Stühle, Truhen und der Schrank glänzten in poliertem Holz. Das einzig Störende waren die Gitterstäbe an den Fenstern. Margret stieg auf einen Stuhl und spähte hinaus. Ihr Blick fiel auf die Menagerie, in der sich gerade zwei Bären auf dem Rasen tummelten. In diesem Moment wurde die Tür geöffnet. Henry Wright trat mit zwei älteren Frauen ein, eine von ihnen trug ein Tablett mit Speisen. Schnell kletterte Margret von ihrem Stuhl herunter und sah den Frauen skeptisch entgegen. Diese knicksten und stellten sich vor: »Lady Frances Parker, zu Diensten, Mylady.«

»Ich bin Lady Claude Davison, die Königin schickt uns zu Eurer Verfügung, Prinzessin.«

Margret sah sie stumm an. Sie war absolut hilflos und wusste nicht, wie sie sich verhalten sollte. Am besten, sie wartete erst einmal ab. Früher oder später würde schon jemand erkennen, dass hier eine Verwechslung vorlag. Auf einmal spürte sie heftigen Hunger, und sie stürzte sich geradezu auf das mitgebrachte Essen. Die beiden Ladys sahen ihr etwas pikiert zu, wahrscheinlich hatte ein Mitglied der königlichen Familie andere Tischmanieren. Margret war es egal, sie hatte Hunger, es schmeckte ihr, und sie hatte niemals behauptet, Elisabeth zu sein. Lady Davison richtete währenddessen das Bett, und Margret wurde von beiden Frauen in die Kissen geleitet. Dies belustigte Margret derart, dass sie laut auflachte. Noch vor zwei Tagen hatte sie in einer Dienstbotenkammer genächtigt, und jetzt brachten gleich zwei adlige Damen sie in ein wahrhaft königliches Bett.

Am anderen Morgen wurde Margret von Lady Parker sanft geweckt. Die beiden Frauen hatten ein Bad vorbereitet und wollten ihr behilflich sein, sich zu entkleiden. Margret protestierte entschieden, sie würde sich nicht vor zwei völlig fremden Frauen ausziehen.

»Ich kann alleine baden! Raus mit euch!«

Erstaunt, dass die Ladys ihrer Aufforderung sofort Folge leisteten, ließ sich Margret langsam in das parfümierte Wasser sinken. Ah, das tat ihren schmerzenden Knochen gut! Das warme Bad brachte Erleichterung. Viel zu schnell kühlte das Wasser ab, und Margret rieb sich mit einem weichen Handtuch trocken. Da ihr einfaches Kleid von dem Ritt verschmutzt war, öffnete sie, mehr aus Neugier, den Schrank. Vor Überraschung stieß sie einen Schrei aus. Der Schrank war voller prächtiger Gewänder.

»Hoffentlich passen sie mir«, sagte sie laut und griff nach einem dunkelgrünen Samtkleid. Es passte wie für sie gemacht. Margret bedauerte, keinen Spiegel in ihrem Gemach zu haben, denn sie fühlte sich in diesem Kleid fast wie ein anderer Mensch.

Nach kurzem Klopfen betrat Lady Parker den Raum.

»Oh, Ihr habt Eure Gewänder gefunden«, bemerkte sie mit einem Blick auf Margret. »Einige wurden von Hatfield hierher gesandt.«

Ach so, ich trage also die Kleider von Elisabeth, dachte Margret. Kein Wunder, dass sie mich mit ihr verwechseln, wir haben zumindest die gleiche Größe.

Lady Parker knickste vor Margret.

»Die Königin möchte Euch sehen, Mylady. Ich soll Euch zu ihr geleiten.«

Margret glaubte, ihr Herzschlag müsse aussetzen. Königin Mary! Sie sollte von Angesicht zu Angesicht vor ihr stehen.

»Müssen wir reiten?«, fragte sie bange.

Lady Parker verneinte. Eine Barkasse würde sie über den Fluss nach Whitehall bringen.

In dem Palast wurde Margret durch endlose Gänge geführt, bis sie schließlich den Thronsaal erreichten. Sie war aufgeregt, und Angst stieg wieder in ihr hoch. Dann kniete sie vor der Königin und sah nur ihren Fuß, der unter ihrem langen, dunklen Kleid hervorschaute.

»Ein trauriger Anlass für unser Wiedersehen, Schwester.« Die Stimme von Königin Mary war tief und rau, fast männlich. »Sieh mich an!«, befahl sie barsch.

Margret hob den Kopf und blickte in ein hageres, von Falten durchzogenes Gesicht. Harte Augen musterten sie kritisch. Dann beugte sich die Königin vor, und Margret sah direkt vor sich deren verkniffenen Mund, der, zur Wache gewandt, sagte:

»Captain Horland soll sofort zu mir kommen!«

Margrets Knie schmerzten von der ungewohnten Haltung, doch sie hoffte vergebens, dass die Königin sie zum Aufstehen auffordern würde. Schließlich fragte die Königin:

»Wer bist du?«

Froh, dass die Verwechslung nun endlich ein Ende hatte, atmete Margret tief durch und lächelte Königin Mary an.

»Mein Name ist Margret Cardingham. Ich bin Küchenmädchen und diente zuletzt in Sudeley Castle.«

In diesem Moment wurde die Tür geöffnet, und unter vielen Verbeugungen trat Captain Horland ein. Es war der Mann, der Margret in Sudeley verhaftet hatte.

»Ihr solltet mir Elisabeth bringen, Ihr walisischer Nichtsnutz!«, schrie die Königin. »Da schleppt Ihr mir eine Dienstmagd an.«

Captain Horland wurde purpurrot und suchte verlegen nach Worten.

»Majestät, ich ... ich dachte, dass ... Ihr müsst mir glauben ...«

Die Königin brachte ihn mit einer Handbewegung zum Schweigen.

»Ihr habt Elisabeth nicht in Sudeley gefunden?« »Nein, meine Königin«, antwortete der Captain mit zittriger Stimme. »Aber dieses Mädchen hier sieht der Prinzessin verblüffend ähnlich!« Königin Mary nickte.

»Ja, da stimme ich Euch zu, aber ich kenne meine Schwester, oh, ich kenne sie sehr gut. Dieses Mädchen hier hat viel weichere Gesichtszüge.«

Sie sprachen über Margret, als sei sie gar nicht anwesend, doch sie wagte nicht, sich bemerkbar zu machen. Dankbar, dass der Spuk jetzt vorbei war, überlegte sie, was sie nun machen würde. Sollte sie versuchen, nach Sudeley Castle zurückzukehren? Nein, so wohl sie sich dort gefühlt hatte, das Verhalten der anderen bei ihrer Verhaftung hatte ihr zu denken gegeben. Sollte sie in London bleiben und sich hier eine Stellung suchen? Ein reizvoller Gedanke.

Ein unsanfter Tritt in die Seite brachte sie wieder in die Realität zurück.

»Träumst du?«, herrschte der Captain sie an.

Margret sah sich um. Wachen hatten den Raum betreten, die jetzt auf sie zukamen und sie festhielten. Grob und schmerzhaft wurden ihre Hände auf den Rücken gedrückt. Margret schrie auf, als erneut Fesseln um ihre wunden Handgelenke gebunden wurden. Hilfe suchend sah sie die Königin an.

»Majestät ...!«

Doch Mary hatte keinen Blick mehr für sie. Sie sagte zu Captain Horland:

»Werft sie ins Gefängnis.«

Margret erstarrte. Sie hatte sich schon frei gesehen, aber es sollte noch schlimmer kommen.

»Meine Königin, was soll mit ihr geschehen?«, fragte der Captain unterwürfig.

Kalt warf die Königin einen Blick auf Margret.

»Hängt sie auf«, befahl sie kurz.

Kapitel 5

Das Grauen schlich langsam durch Margrets Adern. Es machte sich in ihrem Körper breit und nahm von ihrem Herzen Besitz. Margret lag zusammengekauert in einer Ecke, ihre Zähne schlugen klappernd aufeinander. Ihr erster Gedanke, als sie vor einigen Minuten erwachte, war: oh, was für ein furchtbarer Traum! Sie war der Überzeugung, sich in der Kammer in Sudeley Castle zu befinden und nur den Kopf drehen zu müssen, um das lachende Gesicht Megans zu sehen. Doch das Einzige, was sie bemerkte, waren lautlose Schatten, die im Dämmerlicht hin und her huschten, und ein furchtbarer Gestank. Margret lag auf schmutzigem, fauligem Stroh ... Ihr Kopf schmerzte höllisch, und sie brauchte einige Minuten, bis die Erinnerung wieder kam.

Nach dem furchtbaren Satz der Königin – »Hängt sie auf!« – hatte Margret versucht, sich zu verteidigen – umsonst. Zwei Männer der Wache schleiften sie aus dem Palast und stießen sie grob auf einen Karren. Margret schrie, schlug um sich und versuchte, sich zu befreien, ohne Erfolg. Natürlich wurde sie nicht in den Tower zurückgebracht, denn die Verliese in diesem »Etablissement« waren den herrschaftlichen Gefangenen vorbehalten. Die Wachen brachten Margret in einen alten, abscheulichen Bau, das Fleet-Gefängnis. Im vorbeifließenden Fluss Fleet, von dem der Kerker seinen Namen hatte, schwammen unzählige verfaulte Fleisch- und Fellstücke. Am Fleet war der Sitz der Londoner Gerber und Metzger, die ihre Abfälle einfach ins Wasser warfen. In den heißen Sommermonaten drang der Gestank von verwesendem Fleisch durch die schmalen, vergitterten Fenster des Gefängnisses. Margret wurde erneut einem Wärter übergeben, der sie nicht so freundlich wie Henry Wright behandelte. Der bullige Mann hatte einige Mühe, das wild um sich schlagende Mädchen festzuhalten. Das Letzte, woran sie sich erinnern konnte, war ein harter Schlag auf den Kopf, dann versank sie in Finsternis.

Margret sah sich, soweit es die Dunkelheit zuließ, in der Zelle um. Diese lag aller Wahrscheinlichkeit nach unter der Erde, denn nur ganz oben an der Wand konnte sie ein paar kleine, vergitterte Fenster erkennen und ein Stückchen Himmel sehen.

Der Gestank verursachte ihr Übelkeit, doch nach einigen Stunden hatte sie sich so an ihn gewöhnt, dass sie es fast nicht mehr wahrnahm. Entsetzt betrachtete sie die Insassen der riesigen Gemeinschaftszelle, in der Männer und Frauen ein erbärmliches Leben fristeten. Sie waren ungekämmt, erschreckend mager, manche wild und bösartig, andere demütig und ihrem Schicksal ergeben. Viele litten unter schweren Krankheiten. Alle mussten sie auf dem kalten Steinboden, der nur dürftig mit schmutzigem Stroh bedeckt war, liegen, sogar die Sterbenden. Durch die Fenster drangen Schwärme von Schmeißfliegen und Wespen, die sich von den Abfällen im Fleet ernährten. Und mit dem Gestank von draußen vermischten sich die nicht minder widerlichen Ausdünstungen kranker und ungewaschener Menschen.

Margret konnte es anfangs kaum fassen, wie tief sie gesunken war, und es ging über ihren Verstand zu glauben, dass sie nun wirklich sterben sollte. Warum wollte die Königin ihren Tod? War ihr Hass auf ihre Halbschwester Elisabeth so groß, dass sie nicht einmal den Anblick eines ähnlich aussehenden Menschen ertragen konnte? Margret fühlte sich schrecklich einsam und allein. Keiner wusste, dass sie hier in einem schauerlichen Kerker eingesperrt war und dass ihr junges Leben bald ein Ende finden würde.

Irgendwann wurden einige Eimer Wasser und trockenes Brot in die Zelle gestellt. Sofort entstand eine wilde Rauferei, von Schreien und Rufen begleitet. Die kräftigsten Insassen prügelten sich um die wenigen Stücke hartes Brot. Margret konnte sehen, wie Frauen und kleine Kinder mit blutenden Wunden im Gesicht, entstanden durch die harten Fäuste mancher Männer, zu Boden gingen. Sie konnte sich gerade noch umdrehen, um sich zu übergeben. Erschöpft blieb sie im schmutzigen Stroh liegen, sie hatte mit ihrem Leben abgeschlossen.

Eine Hand berührte sie sanft an der Schulter.

»Was hat dich denn hierher gebracht?«, fragte eine Frau, nicht sehr freundlich, aber interessiert. »Hast du 'nen Freier beklaut oder sogar abgemurkst?«

Margret wandte sich um und sah in ein altes, verlebtes Gesicht. Weiße, strähnige Haare hingen in Zotteln bis über die Schultern. Die Frau war schmutzig und stank fürchterlich. Im ersten Moment wollte Margret von ihr fortkriechen, aber dann besann sie sich. Noch ein paar Tage hier drin, und sie selbst würde nicht besser aussehen. Außerdem war diese alte Vettel das erste Wesen, das von ihr Kenntnis nahm.

»Ich habe nichts getan«, erwiderte Margret leise.

Die Frau lachte heiser auf. Dabei konnte Margret nur noch drei Zahnstummel in einem roten, entzündeten Mund erkennen.

»Ja, ja, Kindchen, natürlich! Sieh dich hier um ...«, die Frau machte eine ausladende Handbewegung, »... alle, die du hier siehst, haben sich nichts zuschulden kommen lassen.«

Margret setzte sich wütend auf.

»Ich habe wirklich keine Ahnung, warum die Königin mich hängen lassen will!«, zischte sie.

Etwas wie Bewunderung blitzte in den trüben Augen der Alten auf. Sie pfiff durch ihre dünnen Lippen.

»Oha! Von Königin Mary höchstpersönlich verhaftet! Bist vielleicht eine protestantische Hexe, he?« Sie nahm Margrets rote Haare in ihre spitzen Finger und zog leicht daran.

In Margret keimte Wut auf. Mit ihrer Bemerkung hatte die Alte sie an ihre Mutter erinnert. Sie war keine Hexe und wollte auch nicht als solche sterben. Inzwischen hatte die alte Frau im Dämmerlicht Margrets grünes Kleid näher in Augenschein genommen. Zart strich sie über den Samt.

»Hab' immer davon geträumt, ein Kleid aus Samt zu besitzen«, murmelte sie. »Du musst aus der besseren Gesellschaft kommen, ist ein kostbares Kleid.«

Instinktiv griff sich Margret an den Ausschnitt, in dem das Medaillon ihrer Mutter verborgen war. Sie konnte sich lebhaft vorstellen, was geschehen würde, entdeckten diese Leute hier das kostbare Schmuckstück.

»Und was machst du hier?«, fragte sie ohne jedes Interesse, um von sich abzulenken. »Wie heißt du?«

»Nenn mich Polly. So nannten mich alle. Ich kann mich gar nicht an meinen richtigen Namen erinnern. Auch mich werden sie aufhängen.«

»Warum?«, fragte Margret leise.

Polly lachte, und Margret wurde wieder von einem Schwall schlechten Atems getroffen.

»Hab' es nicht mögen, wenn mich Männer schlagen. Auch wenn sie mich dafür bezahlen. Ich nahm das Geld und wollte ihnen dafür Liebe geben. Aber viele Männer können eben nur, wenn sie ihre Fäuste sprechen lassen. Als einer besonders grob wurde, schlug ich zurück. Mein Pech, dass das Männchen etwas schwach auf der Brust war und dabei draufgegangen ist.«

Die Vorstellung, dass Polly eine Hure war, erstaunte Margret. Nicht so sehr wegen ihres ausgeübten Gewerbes, sondern wegen Pollys Alter. Diese sah die Ungläubigkeit in Margrets Augen und nickte.

»Ja, ja, kann verstehen, dass dir das seltsam vorkommt. Ich war aber mal eine ganz ansehnliche Frau. Mich haben sie jetzt schon zwei Jahre hier eingesperrt. Auch wenn ich seitdem in keinen Spiegel mehr geschaut habe, kann ich mir vorstellen, wie ich aussehe. Hier drinnen altern die Menschen schnell. Manchmal wünsche ich nur, morgen Früh würde der Wärter kommen und mich zum Galgen holen. Aber irgendwie hängt man doch am Leben, so dreckig es auch sein mag. Ich bin erst dreißig Jahre alt und wollte noch viel erleben.«

Margret schrie leise auf. Dreißig! Mein Gott, die Frau sah aus wie ihre eigene Großmutter. Panische Angst befiel Margret. Wie lange würde sie in diesem Verlies schmachten müssen? Sie war nicht eitel, aber die Vorstellung, in einigen Monaten wie Polly auszusehen, erschreckte sie zutiefst.

Dies zumindest sollte Margret erspart bleiben. Nach einer Woche entstand Unruhe in der Zelle. Frauen tuschelten und weinten. Manche schrien laut auf. Polly kam zu Margret herübergekrochen.

»Hast du gehört? Sie hängen uns morgen!«

Eine eisige Faust griff nach Margrets Herzen.

»Woher weißt du das?«, fragte sie.

»Na, manche Frauen stehen hier gut mit den Wärtern. Du weißt schon wie. Sie wollen morgen alle aus dieser Zelle hängen. Aber wir haben noch eine Chance!« Polly lachte gackernd. »Du wirst wohl mit dem Leben davonkommen, aber mit mir ist es vorbei.«

Margret verstand nicht und glaubte, Pollys Geist sei nun endgültig verwirrt. Doch Polly war bei klarem Verstand. Sie erklärte:

»Unsere gütige Königin«, Polly verzog spöttisch die Mundwinkel, »wird sich morgen mit Philipp, dem König von Spanien, verloben. Vor lauter Glück über dieses Ereignis hat sie verfügt, dass alle Frauen, die morgen gehängt werden sollen, eine Heiratschance bekommen.«

»Heiratschance?«

Polly nickte eifrig.

»Die Wärter sagen, wenn sich ein Mann findet, der eine der Verurteilten heiratet, dann wird sie begnadigt. Natürlich steckt dabei der Henker ein nettes Sümmchen ein.«

Margret schlug sich die Hand vor den Mund.

»Oh, mein Gott! Das ist ja grauenhaft!«

Polly lachte meckernd.

»Na, wohl weniger grauenhaft als zu sterben, oder? Kleine, du bist recht hübsch, da wird sich bestimmt ein Kerl finden lassen.«

Abwehrend hob Margret die Hände und kroch an die Wand zurück. Lebhaft sah sie die gierigen Augen der betrunkenen Freunde Sam Cardinghams vor sich. Auch an Admirals Seymours begehrlichen Blick erinnerte sie sich. Margret war nicht naiv. Sie wusste genau, was Männer von Frauen wollten.

»Nein, nein!«, wehrte sie ab. »Das ist ja wie auf einem Sklavenmarkt! Niemals lasse ich mich an einen Mann verkaufen.«

Kapitel 6

Unmittelbar nach Sonnenaufgang fuhren die Karren rumpelnd in Tyburn ein. Trotz der frühen Morgenstunde drängte sich eine große Menge um die errichteten Galgen. An die Feuer von Smithfield, wo beinahe täglich Ketzer auf dem Scheiterhaufen einen grausigen Tod starben, hatten sich die Londoner inzwischen gewöhnt, aber eine Hinrichtung von zwanzig Frauen, die allesamt aufgehängt werden sollten, war ein besonderes Ereignis. Natürlich hatte sich die Verfügung der Königin, dass jede Frau, die heute hier einen Mann finden würde, der sie zum Weibe nahm, begnadigt werden sollte, wie ein Lauffeuer herumgesprochen. Männer der unterschiedlichsten Gesellschaftsschichten und Stände drängten sich in Tyburn, gespannt auf die Frauen, die gleich eintreffen mussten. Bettler zeigten ihre Wunden und hofften auf eine milde Gabe, Beutelschneider hielten Ausschau nach einer fetten Börse. Die wenigen Frauen, die sich an diesem Morgen zur Hinrichtungsstätte begeben hatten, waren grell gekleidet und sahen verlebt aus.

Margret sah dies alles mit Entsetzen. Sie wusste nicht, welcher Anblick schlimmer war: die geifernden Männer oder der Galgen. Neben Letzterem stand jeweils ein breitschultriger Mann mit roter Kapuze, die das Gesicht vollständig verbarg. Zum ersten Mal in ihrem Leben sah sie einen Galgen, nie zuvor hatte sie einer Hinrichtung beigewohnt, und nun sollte sie zur Hauptdarstellerin in diesem grauenhaften Geschehen werden.

Man hatte Polly und sie auf den ersten Wagen geladen. Margret hielt Pollys Hand fest umklammert, die Angst schnürte ihr die Kehle zu. Ein dicker, rotgesichtiger Mann in einfachen, aber sauberen Kleidern unternahm mehrere Versuche, zu der Menge zu sprechen. Erst nach einigen Anläufen gelang es dem Büttel, die Aufmerksamkeit der Männer auf sich zu ziehen.

»Um mich kurz zu fassen, will ich nur sagen: Jeder Mann, der sich entschließt, eine der unglücklichen Frauen zu heiraten, muss es hier und jetzt tun. Unsere gütige Königin hat diese Gnade erlassen, weil sie heute einen Festtag begeht und möchte, dass alle Frauen in ihrem Land so glücklich wie sie selbst sein sollen.«

»Ha, altes Lügenmaul!«, schrie Polly laut zu dem Büttel hinauf. Die Bemerkung brachte ihr einige Lacher aus der Menge, aber auch den kräftigen Hieb einer Wache in den Rücken ein. Schwer atmend brach die Frau zusammen. Margret hörte nicht weiter auf die Ausführungen des Büttels. Das Blut rauschte in ihren Ohren, und die Gesichter der Menge verschwammen vor ihren Augen.

Nein, sagte sie sich, nein, ich will lieber sterben, als einem dieser Männer ausgeliefert zu werden.

Polly hatte sich wieder aufgerichtet. Mit heiserer Stimme flüsterte sie Margret zu: »Ich hab's gleich überstanden. Wenn die Henker ihr Handwerk verstehen, dann geht es ganz schnell, verstehst du? Man stirbt in dem Moment, wenn die Luke geöffnet wird. Irgendetwas im Genick bricht – und es ist vorbei. Du musst darauf achten, Kleines, das dir der Strick richtig mit dem Knoten nach hinten umgelegt wird. Sitzt der nämlich an der Seite, so erstickt man langsam. Das ist kein schöner Anblick.«

Wie emotionslos Polly über ihren Tod sprach! Margret lief ein kalter Schauer über den Rücken. Da wurde die Frau auch schon grob vom Karren gezerrt und die Stufen zum Galgen hinaufgestoßen. Polly war die Erste. Die Männer grölten, als sie die verlebte Frau sahen. Hässliche Bemerkungen flogen über den Platz, und keiner der Anwesenden wollte Polly zu seiner Frau nehmen, wie sie es vorausgesagt hatte. Margret sah verwundert, wie Polly aufrecht, den Blick stolz und klar in die Menge gerichtet, dastand, als der Strick ihr um den Hals gelegt wurde. Ihre Worte noch im Ohr, bemerkte Margret, dass der Knoten auf ihrer linken Halsseite lag. Dann ging alles blitzschnell: Ein paar Worte des anwesenden Priesters, und noch während er das Kreuz über Pollys Haupt schlug, gab der Büttel das Zeichen, und die Falltür schlug krachend nach unten. Polly hatte keinen leichten Tod. Ihr Genick brach nicht. Sie zappelte und rang verzweifelt nach Luft. Angewidert bemerkte Margret, dass die Menge den Todeskampf der Frau mit Klatschen begleitete. Schließlich trat Pollys Zunge, schwarz und um ein Vielfaches angeschwollen, aus ihrem Mund, und sie hauchte das letzte Lebenszeichen aus.

Noch während der Henker die Leiche abschnitt, wurde Margret gepackt und vom Karren gezerrt. Sie schloss die Augen, fing an zu beten und wusste in diesem Augenblick, dass sie jeden, aber auch wirklich jeden Mann heiraten würde, nur um nicht sterben zu müssen.

Als Otis Pendellion die grausige Stätte von Tyburn betrat, wurde Polly gerade gehängt. Hinrichtungen waren für ihn nichts Besonderes, zu lange lebte er schon in London. Unter König Heinrich und jetzt unter seiner Tochter Mary waren sie an der Tagesordnung. Otis hasste es eigentlich, den Menschen beim Sterben zuzusehen, aber in seinem Beruf musste er auf dem Laufenden sein. Die menschlichen Dramen, die sich heute hier abspielten, würde er gut verwerten können. Natürlich wusste er von der Begnadigung, und allein dies hatte ihn neugierig werden lassen. Mit einem Blick erkannte Otis Pendellion den ganzen Abschaum von Southwark: Charlie, einen Mörder und Halsabschneider der übelsten Sorte; Dick und Lacy, zwei Zuhälter von der *Roten Krone,* und einige ihrer Mädchen und noch viele andere bekannte Gesichter.

Jetzt wurde die nächste Frau auf das Blutgerüst geführt. Otis stellte überrascht fest, dass sie fast noch ein Kind war. Würde er sich etwas aus Frauen machen, so müsste er zweifelsohne zugeben, dass es ein sehr attraktives Mädchen war. Die langen roten Haare ließen zwar den Vergleich mit einer Hexe aufkommen, hatten aber auch ihren Reiz. Das Mädchen hielt die Augen geschlossen. Scheinbar teilnahmslos ließ sie alles über sich ergehen. Gerade hatte der Büttel Margret nach vorne an den Rand geschoben.

»Männer«, schrie er, »seht euch dieses junge Blut an! Und ihre Schönheit! Wäre doch schade, so einen Körper in der Erde zu verbuddeln!«

Mit diesen Worten riss der Büttel Margrets Kleid über der Brust auf. Margret erwachte aus ihrer Lethargie. Reflexartig gab sie dem Mann eine schallende Ohrfeige, die so heftig war, dass der Büttel einen Moment lang taumelte.

»Hei, die hat Feuer!«, brüllte einer aus der Menge begeistert.

»Ja, die Rothaarigen – das sind besonders Wilde!« »Hast du gesehen, wie die's dem gegeben hat?«

Die Stimmen tönten wild durcheinander. Eine der Wachen hatte Margrets Arme grob nach hinten gebogen und hielt sie auf ihrem Rücken zusammen, so dass Margret vor Schmerz aufschrie.

Inzwischen hatte sich der Büttel von seinem Schreck erholt. Seit über zwanzig Jahren leitete er nun schon Hinrichtungen, aber das war ihm noch nie passiert! Eine Frau hatte ihn vor der ganzen Menge blamiert! Das sollte sie büßen!

»Den Strick!«, befahl er knapp dem Henker.

Ein Mann aus der Menge rief: »Halt, was ist mit der Heirat? Vielleicht will ich dieses Mädchen zur Frau!«

Einige lachten, und man hörte: »Die und heiraten? Nein, da behalte ich lieber meine Alte zu Hause. Die würde es nie wagen, einen Mann zu schlagen.«

Ein Mann drängte sich rücksichtslos durch die Menge nach vorne. Otis erkannte den Zuhälter Lacy.

»Ich will das Mädchen.«

Der Büttel sah ihn an und antwortete:

»Ich kenne dich, Lacy, du hast nicht nur eine, sondern zehn Frauen. Nein, nein, die Königin besteht auf einer richtigen Ehe.«

»Ach, komm, was kostet es? Du weißt, ich bin nicht kleinlich. Nenn mir den Preis.« Lacy zog einen prall gefüllten Beutel aus der Tasche, und die Augen des Büttels begannen begehrlich zu leuchten. Schon wollte er eine Summe nennen, als Otis sich plötzlich dazwischendrängte.

»Stopp, ich werde das Mädchen heiraten!«

»Otis Pendellion, sieh mal einer an! Was willst du denn mit einer Frau?«, lachte Lacy ihn aus.

Otis ignorierte den Zuhälter und drängte den Büttel, die Zeremonie zu vollziehen. Er entrichtete die festgesetzte Gebühr von drei Pennys, dann sprach der Priester ein paar Worte, und Otis musste ein Dokument unterzeichnen. Mit Erstaunen bemerkte der Büttel, dass Otis nicht, wie sonst üblich, drei Kreuze machte, sondern seinen Namen gut leserlich ausschrieb. Danach nahm Otis seine Frau am Arm und führte sie vom Galgen herunter. Die Menge grölte Beifall und klatschte, als die beiden frisch Vermählten die Stätte verließen.

Margret hatte alles nur verschwommen wahrgenommen. Weder die Worte des Büttels noch die des Priesters hatte sie verstanden, sondern nur registriert, dass sie vor dem Sterben gerettet worden war. Nach Pollys schrecklichem Ende hätte sie alles getan, diesem Schicksal zu entgehen.

Die beiden hatten Tyburn schon längst hinter sich gelassen, als Margret zum ersten Mal ihren Ehemann ansah. Otis bemerkte es, blieb stehen und lächelte Margret etwas scheu an.

»Ging alles ein bisschen schnell. Ich weiß gar nicht, wie du heißt.«

»Margret Cardingham«, antwortete sie leise.

Otis nahm sanft ihre Hand.

»Du brauchst keine Angst mehr zu haben, Margret. Wir sind jetzt wahrhaftig verheiratet. Übrigens – mein Name ist Otis Pendellion.«

»Ich … ich danke Euch, Sir, Ihr habt mir das Leben gerettet. Nun lasst mich meiner Wege gehen.«

Otis sah Margret skeptisch an.

»Wo willst du hin, Mädchen?«, fragte er. »Hast du Verwandte in London, deine Eltern vielleicht?«

Margret schüttelte den Kopf. Als ihr bewusst wurde, dass sie keine Ahnung hatte, wohin sie gehen oder an wen sie sich wenden sollte, befiel sie eine große Traurigkeit. Tränen rollten ihr übers Gesicht.

»Meine Eltern sind tot«, schluchzte sie, dann wurde ihr schwindlig, und ihre Knie gaben nach, Otis konnte sie gerade noch auffangen. Sie war leicht wie eine Feder, und er spürte ihre spitzen Knochen durch die Kleidung.

»Wann hast du zum letzten Mal etwas gegessen?«, fragte Otis.

Margret wusste es nicht. Sie hatte in den letzten Tagen nichts mehr von dem schimmeligen Brot angerührt, nur manchmal einen Schluck des nach Fäulnis schmeckenden Wassers getrunken. Kurzerhand nahm Otis das Mädchen auf die Arme und sagte: »Ich bringe dich jetzt zu mir, du bist schließlich meine Frau, und ich bin für dich verantwortlich.« Er lächelte. Nun war er verheiratet! So richtig konnte er es sich selbst nicht erklären, wie es dazu gekommen war, aber das Mädchen hatte ihm einfach Leid getan.

Margret war in eine Ohnmacht gesunken und bekam von dem Weg quer durch die Stadt in Richtung Southwark nichts mit. Sie sah weder die London Bridge mit ihren Läden noch die alten, schiefen Häuser des ärmsten Viertels. Hier gab es keine prunkvollen Paläste, keine gepflasterten Straßen, und nur selten sah man Menschen in sauberer Kleidung.

Otis bog in die Paddylane ein, eine schmale, schmutzige Straße, an deren Rand sich die Abfälle türmten. Hier standen die Häuser einander so dicht gegenüber, dass ihre Dachsparren sich beinahe berührten und trotz des sonnigen Tages Dämmerlicht herrschte. Das Haus, vor dem Otis schließlich Halt machte, war noch das ordentlichste dieser Gegend. Es handelte sich um die Schänke *Arthur's Arms*. Otis stieß die Tür auf und betrat den niedrigen Schankraum. Jetzt, am Vormittag, war wenig Betrieb.

In dem Augenblick, als Otis Margret vorsichtig auf eine Bank setzte, erwachte sie und sah sich verwirrt um. Ein untersetzter Mann betrat den Raum.

»Hallo, Hump«, begrüßte Otis ihn. »Ich brauche dringend ein warmes Bad und etwas zu essen.«

Der Angesprochene sah erstaunt auf Margret und rief dann nach seiner Frau. Diese, rundlich wie eine Kugel mit roten Apfelbäckchen, eilte herbei. Sofort fühlte sich Margret zu dieser Frau hingezogen. Sie erinnerte sie ein wenig an Agatha.

»Wer in aller Welt ist das?«, fragte Sally, an Otis gewandt. Dieser lachte.

»Meine Frau!«

»Deine was?«

»Ja, ja, ich erkläre euch alles später. Margret braucht jetzt dringend ein Bad, und sie ist völlig ausgehungert.«

»Ich kümmere mich um sie«, sagte Sally rasch und nahm Margrets Arm. »Komm mit nach oben, Mädchen. Ich bin übrigens Sally, und der Dicke da ist mein Mann. Nenn ihn Hump. Eigentlich heißt er ja Humphrey, aber so nennt ihn kein Mensch.«

Willig folgte Margret der Frau eine steile Treppe ins Obergeschoss. Die beiden Frauen betraten eine kleine, aber ordentliche Kammer. Margret setzte sich auf ein breites Bett, und Sally eilte noch einmal davon, um heißes Wasser und etwas zu essen zu holen. Derweil das Wasser erhitzt wurde, brachte sie Margret kaltes Rindfleisch, Brot und verdünnten Wein.

»Iss langsam, sonst erbrichst du es sofort wieder«, mahnte sie Margret. Diese tat wie geheißen und merkte bald, wie der Wein wohltuend durch ihre Adern rann und ihr Magen die Nahrung annahm. Nach einer halben Stunde brachte Sally mehrere Eimer heißes Wasser, goss dieses in einen Zuber, der in der Zimmerecke stand, und gebot Margret, sich zu entkleiden. Diese zögerte.

»Du brauchst dich vor mir nicht zu schämen, Mädchen, könntest meine Tochter sein.«

Margret zog sich langsam aus und ließ sich in das warme Wasser gleiten. Wie gut das tat! Sally hatte einige Tropfen eines wohlriechenden Extraktes hinzugefügt, und Margret schloss müde die Augen. Sally wusch ihr vorsichtig das lange, rote Haar, das völlig verklebt und voller Schmutz war. Sie fragte nicht viel. Hier war ein Mädchen, das Hilfe nötig hatte. Otis würde bestimmt alles erklären. Sally besah sich das grüne Samtkleid.

»Wenn wir es waschen und ausbessern, kannst du es wieder tragen«, sagte sie. »Ist es dein einziges Kleidungsstück?«

Margret nickte.

»Es ist sehr elegant«, bemerkte Sally und fragte sich, woher Margret wohl kam, weil sie so ein Kleid trug. Auch hatte Sally das Medaillon auf Margrets Brust entdeckt und sofort den Wert des Schmuckstückes erkannt. »Dein Kleid ist für diese Gegend hier nicht sehr passend. Nun, fürs Erste werde ich dir eins von mir geben. Wir müssen es etwas abändern, du bist ja nicht einmal die Hälfte von mir«, lachte Sally und klatschte sich auf ihren dicken Bauch.

Margret stimmte in ihr Lachen ein. Die Anwesenheit dieser Frau tat ihr gut. Sie wusste, hier hatte sie eine Freundin gefunden.

Später schlüpfte Margret in ein leinenes Nachthemd, das ebenfalls von Sally stammte. Sie konnte es sich leicht zwei Mal um den Körper wickeln, aber das war nicht wichtig, es war sauber und roch gut. Margret legte sich in das behaglich weiche Bett, Sally deckte sie fürsorglich zu und gab ihr einen Kuss auf die Stirn. Schnell versank Margret in tiefen und traumlosen Schlaf.

Otis hatte seinen Freunden alles erzählt. Hump, vor lauter Lachen rot im Gesicht, klatschte sich immer wieder auf die Schenkel.

»Ich glaube es nicht! Ich glaub's einfach nicht! Unser kleiner Otis ist verheiratet, so richtig mit Priester und allem! Was soll denn jetzt werden?«

Otis zuckte mit den Schultern.

»Margret tat mir Leid, sie ist doch noch ein halbes Kind. Hätte ich sie etwa dem Zuhälter Lacy oder, noch schlimmer, dem Strang überlassen sollen?«

Sally legte ihre Hand auf Otis' Arm.

»Nein, nein, es war sehr edel von dir, was du getan hast. Ich hab's ja schon immer gesagt, dass du ein gutes Herz hast. Aber weswegen hätte das Mädchen überhaupt gehängt werden sollen? Diebstahl oder Hurerei?«

»Nein, wie eine Hure sieht sie nicht aus!«, warf Hump ein. »Aber in dieser Zeit sein Leben zu verlieren, ist nicht schwer. Ich glaube nicht, dass sie eine Verbrecherin ist.«

»Selbst wenn sie etwas Ungesetzliches getan hat, spielt es für mich keine Rolle«, entgegnete Otis bestimmt. »Was heute noch erlaubt ist, kann morgen schon verboten sein und mit dem Tod bestraft werden. Zudem – auch uns kann es irgendwann erwischen.«

»Pst!« Mahnend legte Hump den Finger vor die Lippen und sah sich ängstlich um, obwohl die drei Menschen allein im Schankraum waren. »Wir arbeiten an einer guten Sache!«

»Das sagten schon viele und sind jetzt tot«, maulte Sally. »Ich habe Angst, Hump!«

Ihr Mann nahm sie beruhigend in den Arm.

»Indem die Königin Philipp heiratet, liefert sie uns erbarmungslos der spanischen Inquisition aus! Tausende werden in den nächsten Jahren noch sterben müssen!«

Otis hob beschwörend die Hände.

»Bitte, sprechen wir nicht mehr davon! Auch ich habe jeden Tag Angst, dass uns jemand hören und verraten könnte. Überlegen wir lieber, was mit Margret geschehen soll.«

Am späten Nachmittag weckte Sally das Mädchen. Margret aß, jetzt schon mit richtigem Appetit, eine kräftige Gemüsebrühe und schlief danach gleich wieder ein. Es war schon dunkel im Zimmer, als sie erwachte.

Im Gasthaus war es laut geworden. Margret hörte Stimmen, Lachen und Musik. Vorsichtig und etwas unsicher auf den Beinen stand sie auf und öffnete die Tür, tappte zu einer kleinen Galerie und blickte hinunter in den Schankraum. Dieser war gut gefüllt, Sally und Hump hatten alle Hände voll zu tun. Margret überlegte gerade, ob sie hinuntergehen und ihre Hilfe anbieten sollte, dann aber fiel ihr ein, dass sie nur ein Nachthemd von Sally trug. Sie ging zurück in ihr Zimmer und legte sich wieder hin. Plötzlich klang wunderschöne Musik zu ihr herauf. Jemand spielte Laute und sang dazu mit einer herrlich weichen, gefühlvollen Stimme. Obwohl sich Margret anstrengte, konnte sie die Worte nicht verstehen. Fast schien es ihr, als trage der Sänger sein Lied in einer fremden Sprache vor. Margret legte sich entspannt zurück und lauschte den wohlklingenden Tönen. Bald war sie wieder eingeschlafen.

Margrets Schreck war unbeschreiblich, als sie beim Erwachen feststellte, dass sie neben einem Mann lag. Sie sprang aus dem Bett, wurde dann aber von einem Schwindelanfall gepackt und ließ sich auf den Boden sinken. Es war heller Morgen, und durch das geöffnete Fenster drangen die Geräusche der Straße herein. Otis schlief tief und fest. Minuten später fielen Margret die Vorkommnisse des gestrigen Tages wieder ein und dass dieser Mann, mit dem sie das Bett geteilt hatte, ihr Ehemann war. Sie zerbrach sich den Kopf, konnte sich aber nicht erinnern, wann Otis ins Bett gekommen und was dann geschehen war. Trotz ihrer Jugend wusste sie über so manches, was sich zwischen Mann und Frau abspielte, Bescheid. In Snowhill Manor hatte es zahlreiche Liebschaften zwischen dem Personal gegeben, und Margret würde wohl nie die lüsternen Blicke der Gäste von Sam Cardingham vergessen. Sie wusste, dass sie als Ehefrau gewisse Pflichten hatte, konnte sich aber beim besten Willen nicht an die vergangene Nacht erinnern. Das Letzte, was sie wahrgenommen hatte, war diese wunderschöne Musik gewesen.

Margrets Blick fiel auf eine Laute neben dem Bett. Sie war sich sicher, dass das Instrument gestern noch nicht hier gestanden hatte. Auf einmal verstand sie: Otis Pendellion war der Sänger mit der schönen Stimme und den romantischen Liedern!

Leise ging sie zum Bett und betrachtete stumm sein schlafendes Gesicht. Es war nicht gerade als schön oder männlich zu bezeichnen, dazu waren die Konturen zu weich. Seine Haare waren dunkelblond, die Wimpern und Augenbrauen etwas heller und die Lippen voll. Margret versuchte sich zu erinnern, welche Augenfarbe Otis hatte, doch es gelang ihr nicht. Ihr Blick schweifte über seinen Körper. Er war etwas größer als sie selbst und von eher schmächtiger Statur. Seine Finger waren lang und schlank mit wohl geformten Nägeln. Otis lag fast völlig bekleidet auf dem Bett, woraus Margret schloss, dass er sehr müde gewesen sein musste. Erleichtert sagte sie leise zu sich:

»Ich denke nicht, dass er mich letzte Nacht angerührt hat. Das müsste ich doch wissen!«

Plötzlich schlug Otis Pendellion die Augen auf.

»Nein, Margret, das habe ich nicht. Auch wenn du bestimmt eine sehr schöne und begehrenswerte Frau bist.«

Kapitel 7

Im Zimmer war es warm und stickig, doch die Gerüche, die an diesem heißen Sommertag von der Straße hereindrangen, waren so unerträglich geworden, dass Otis Pendellion das Fenster geschlossen hatte. Margret saß auf der schmalen Fensterbank und ließ ihre langen Beine baumeln. Sie trug ein einfaches, graues, von Sally notdürftig enger gemachtes Kattunkleid. Es war nicht elegant, aber erfüllte seinen Zweck ...

»Das Lied, welches Ihr letzte Nacht gesungen habt, war also in cornischer Sprache?«, fragte Margret.

Otis blickte von seinem späten Frühstück auf und nickte.

»Ich heiße Otis, und bitte, sag *du*, das hatten wir doch besprochen, oder?«

Margret sah zu Boden.

»Ja, es ist einfach noch so ungewohnt. Aber ich bin Euch ... dir wirklich dankbar.«

Otis winkte ab und kaute genüsslich sein Brot, dann nahm er einen großen Schluck Bier und spülte es hinunter.

»Und du kommst aus Cornwall?«, nahm Margret das Gespräch wieder auf. »Dort spricht man diese seltsame Sprache?«

Otis schüttelte den Kopf.

»Nein, nicht alle sprechen Cornisch. Die Amtssprache ist natürlich Englisch. Aber einige pflegen noch die alten Bräuche und auch die Sprache.«

»Wo liegt Cornwall?«

Otis sah seine Frau erstaunt an.

»Wie? Das weißt du nicht? Im Westen des Landes. Warte, ich zeige es dir.« Er stand auf und suchte aus einer Truhe ein altes, zerlesenes Buch hervor. »Es ist nur eine alte Landkarte, schon ziemlich zerfleddert, ja, hier, sieh, Margret: Dieser Zipfel von England – das ist Cornwall!«

Margret sah verständnislos auf die Zeichnung. Sie sah eine längliche, schmale Insel mit vielen Punkten und Strichen darauf. Links unten deutete Otis auf eine Stelle, die er als *Cornwall* bezeichnete.

»Schau, hier liegt London. Und hier …« Otis Finger fuhr weiter nach oben, »… hier sind die Cotswolds, wo deine Heimat ist.«

»Aha.«

Otis bemerkte den verständnislosen Blick, den Margret auf die Karte warf. Plötzlich kam ihm ein Verdacht.

»Hör mal, Margret, kannst du eigentlich lesen?«

Margret spürte, wie sie rot wurde. Stumm schüttelte sie den Kopf.

»Es hat mir nie jemand beigebracht. Agatha konnte es selber nicht.«

Aufmerksam sah Otis seine Frau an.

»Möchtest du mir nicht etwas von dir erzählen?«, fragte er. »Wer ist Agatha? Und wieso wurdest du verhaftet? Es ging gestern alles so schnell, wir hatten noch gar keine Zeit, miteinander zu reden.«

Margrets Blick verdüsterte sich. Otis, ihr Ehemann, war durchaus sympathisch, aber sie vertraute ihm nicht, sie vertraute niemandem mehr. So antwortete sie nur kurz:

»Ich sagte schon, dass meine Eltern tot sind. Solange ich denken kann, arbeitete ich in einem Herrenhaus, danach einige Jahre in Sudeley Castle.«

»Sudeley? Etwa der Stammsitz von Thomas Seymour und seiner Frau Katherine? Dort, wo auch Prinzessin Elisabeth einige Zeit lebte?«

Margret bemerkte das offensichtliche Interesse in Otis' Stimme.

»Ja, genau dort. Aber ich habe die Prinzessin nie gesehen«, erwiderte sie barsch. Sie hatte es satt, immer wieder mit Elisabeth in Verbindung gebracht zu werden. Überhaupt – was ging es Otis an, warum sie verhaftet worden war? Sie wusste es ja selbst nicht. Nur weil sie der Prinzessin so ähnlich sah? Margret hatte durchaus bemerkt, wie Otis' Augen bei Elisabeths Erwähnung aufgeleuchtet hatten. Sie wollte nicht länger über das Thema sprechen.

»Bitte, Otis«, sagte sie ausweichend, »ich fühle mich noch ziemlich schwach und würde gerne ein wenig schlafen.«

Otis nickte zustimmend und meinte, er würde mal nach Hump sehen. Dann ließ er Margret allein, und sie hatte Zeit, über ihre ungewisse Zukunft nachzudenken.

Im folgenden Sommer erschütterten nicht nur immer wieder auftretende Pestfälle die Londoner Bevölkerung, sondern auch die Nachricht, dass Königin Mary den spanischen Herrscher Philipp in der Kathedrale zu Winchester geheiratet hatte.

»Jetzt gehören wir zu Spanien!«, flüsterte Sally erschrocken und bekreuzigte sich. Hump gebot ihr zu schweigen.

»Unsere Zeit wird kommen, du wirst sehen. Die Königin ist schon achtunddreißig, unwahrscheinlich, dass von ihr noch ein Thronfolger geboren wird.«

Und wirklich, König Philipp hatte alles andere im Sinn, als den treuen, liebevollen Ehemann zu spielen. Kaum verheiratet, zog es ihn wieder nach Spanien. Angeblich vertrug er das feuchte, kühle Klima Englands nicht. In Wirklichkeit war Philipp die Ehe mit der unattraktiven, bigotten Mary nur eingegangen, um die englische Kirche wieder in den Schoß Roms zurückzubringen. Der Papst würde stolz auf ihn sein, und seine Seele würde einst in die Herrlichkeit eingehen. Natürlich gab es noch allerhand Ketzer auf der Insel, doch Königin Mary hatte ihm versprochen, mit ihnen kurzen Prozess zu machen. So konnte sich Philipp in seinem Palast Escorial bequem zurücklehnen und die Drecksarbeit seiner ›geliebten‹ Ehefrau überlassen. Er selbst sah sich schon vor dem Papst knien und dessen Segen entgegennehmen.

Margret hatte bei Sally und Hump ein neues Zuhause gefunden. Sie half Sally in der Küche und im Schankraum und konnte schon bald mit den Gästen gut umgehen. Das *Arthur's Arms* lag zwar im Armenviertel der Stadt, doch waren die Gäste keineswegs Gauner und Halsabschneider. Manchmal kamen sogar Männer von der Nordseite der Themse in das Gasthaus. Dies lag vor allem an Otis' Musik. Abend für Abend spielte er und verzauberte die Gäste mit seiner Laute und seiner Stimme. Otis sang hauptsächlich über die Liebe, aber auch aktuelle Anlässe und Ereignisse in der Stadt gehörten zu seinem Repertoire. Nur die Politik und die Königin erwähnte er mit keinem Wort. Das war auch gut so, denn Margret schätzte die meisten Gäste nicht so ein, als seien sie der Königin sehr zugetan.

Oft spät in der Nacht, wenn der Schankraum geschlossen war, saßen Otis, Sally und Hump im Hinterzimmer zusammen. Margret fühlte sich dann ausgeschlossen, denn sie war nie aufgefordert worden, an diesen Treffen teilzunehmen. Aber sie zügelte ihre Neugierde und versagte sich, an der Tür zu horchen. Außerdem war Margret nach der Arbeit immer so müde, dass sie froh war, gleich ins Bett gehen zu können.

Zwei bis drei Mal in der Woche ging Otis auch in andere Gasthäuser in Southwark, um zu singen.

»Ich verdiene an solchen Abenden gutes Geld«, sagte er zu Margret. »Besonders die cornischen Lieder kommen sehr gut an.«

Nach und nach lernte Margret ihre Umgebung kennen. Die ersten Tage hatte sie Angst gehabt, das Haus zu verlassen. Immer glaubte sie, von irgendwoher würden Schergen auftauchen, um sie erneut zu verhaften. Doch als nichts geschah, wurde Margret immer sicherer und auch entdeckungsfreudiger. Das Stadtleben war etwas völlig anderes als das, was Margret bisher gekannt hatte. Hier gab es keine saftigen, grünen Wiesen mit weißen, blökenden Schafen, keinen endlos blauen Himmel mit frischer, reiner Luft. Die Straßen von Southwark waren eng und schmutzig, überall lungerten Bettler und Huren herum. Margret hatte es längst aufgegeben, auf ihre Schuhe zu achten, wenn sie auf den Markt ging. Die ersten Tage war sie noch jedem Dreckhaufen ausgewichen, und sie brauchte für den Weg fast die dreifache Zeit. Jetzt machte sie es wie Sally und trug einfache Holzpantinen, die man am Abend leicht säubern konnte. Margret fand die vielen Menschen, die unterschiedlichen Charaktere, denen sie nun täglich begegnete, sehr interessant und unterhielt sich gern mit Gästen und Nachbarn. Nur an den grässlichen Gestank, der an warmen Tagen aus den Gossen stieg, konnte sie sich nicht gewöhnen. Er erinnerte sie immerzu an die Zeit im Fleet-Gefängnis, an die sie nur mit Schaudern denken konnte. Nur gut, dass Otis sie bisher nicht mit weiteren Fragen gequält hatte! Margret wollte einfach nicht darüber sprechen.

Wenn Margret an die ersten Wochen ihrer jungen Ehe dachte, konnte sie eigentlich zufrieden sein. Otis war nett, höflich und aufmerksam, gebildet und belesen. So war es kein Wunder, dass Margret ihn bat, ihr das Lesen und Schreiben beizubringen. Zuerst fürchtete sie, er würde es ablehnen und sagen, eine Frau bräuchte solchen Schnickschnack nicht, aber Otis war hocherfreut. »Es macht mir große Freude, Margret, du weißt ja gar nicht, was Bücher uns eröffnen können! Wir können von Ländern und Menschen lesen, die wir niemals sehen werden, und von längst vergangenen Taten, die geschahen, lange bevor wir auf dieser Welt waren.«

»Aber woher hast du all die Bücher?«, fragte Margret. Ihr war aufgefallen, dass Otis fast jede Woche ein neues Buch las, es aber nach einigen Tagen wieder zurückbrachte und mit einem anderen heimkam.

Otis wurde etwas verlegen.

»Ich habe einen ... Bekannten. Er hat Zugang zur Universität und überlässt mir dann und wann ein Buch. Wir müssen nur darauf achten, dass wir es nicht beschmutzen oder beschädigen. Mein Freund würde Ärger bekommen, wenn es bekannt werden würde, dass er die kostbaren Bücher verleiht.«

Margret erwies sich als gelehrige Schülerin. Sie besaß eine rasche Auffassungsgabe und, was Otis sehr wichtig war, Interesse an allen Dingen. Besonders mochte es Margret, wenn Otis von seiner Heimat Cornwall erzählte.

»Und es gibt dort im Moor wirklich Geister?«, fragte sie gespannt.

Otis nickte.

»Ja, sicher. Schon vor Hunderten von Jahren wurde in Cornwall Zinn abgebaut. Die Römer, zum Beispiel, holten ihren Hauptvorrat von den cornischen Küsten. Auch im Bodmin Moor gibt es einige Zinnminen. So entstehen im weichen Moorboden immer wieder kleine Löcher. Die Legende sagt, wenn man eines Nachts im Moor einen weißen Hasen sieht, der plötzlich durch ein Loch verschwindet, muss man noch in derselben Nacht sterben.«

»Hast du jemals einen Hasen gesehen?«, fragte Margret atemlos mit vor Spannung geröteten Wangen. Otis lachte.

»Wohl kaum, denn dann wäre ich jetzt nicht hier!«

Er erzählte von Feen und Elfen und den alten Steinkreisen, von denen es Dutzende im Moor gab.

»Meist sind es Mädchen gewesen, die zu Stein wurden, weil sie an Sonntagen getanzt hatten. Es gibt aber auch die *Hurlers*, dieser Steinkreis steht in der Nähe meines Heimatortes. Nach der Legende wurden hier Männer zu Stein, weil sie an einem Feiertag Hurling gespielt hatten.«

»Hurling? Ich habe noch nie von einem solchen Spiel gehört«, wandte Margret ein.

»Oh, es ist auch ein alter cornischer Brauch. Dutzende von Männern jagen einem kleinen, kaum handtellergroßen Ball nach. Wer ihn zuerst in seine Hütte bringen kann, hat gewonnen.«

Aus jedem Wort, das Otis sprach, aus jeder Geschichte, die er über Cornwall erzählte, hörte Margret die Liebe zu seiner Heimat heraus. Sie verstand das gut. Auch wenn sie in Snowhill Manor nie besonders glücklich gewesen war, so vermisste sie die heimische Umgebung doch sehr.

»Warum hast du Cornwall verlassen?«, fragte sie.

Otis' Blick verdüsterte sich.

»Unser Besitz ist nicht sehr groß. Mein Bruder wird ihn nach dem Tod unseres Vaters erben, für mich ist kein Platz in Pendellion House«, war seine knappe Antwort, und Margret konnte deutlich erkennen, dass er nicht weiter darüber sprechen wollte.

Kurz nach Margrets Verhaftung und glücklichen Rettung durch Otis war Prinzessin Elisabeth wirklich in den Tower gebracht worden. Diesmal hatten die Schergen der Königin nicht versagt und die Richtige eingekerkert. Ganz Southwark sprach flüsternd davon, als Elisabeth am 23. Mai 1554 unter strengster Bewachung nach Woodstock, einem alten, halb verfallenen Palast nordwestlich von Oxford, gebracht wurde. Die Königin konnte zwar keinen Beweis liefern, dass ihre Halbschwester am Aufstand von Thomas Wyatt beteiligt gewesen war, doch sie wollte Elisabeths Anwesenheit, ihre Anmut und Schönheit nicht länger ertragen. So stellte Mary sie unter Aufsicht von Henry Bedingfield, einem treuen Untertan der Königin. Doch das Volk stand auf Seiten der jungen Prinzessin. An einem Sonnabend erreichte Elisabeth nach zweimonatiger Gefangenschaft im Tower auf dem Flussweg Richmond, wo eine Pause eingelegt wurde. Zuerst glaubten die Londoner, sie sei wieder frei, und freuten sich, aber das war ein Irrtum. In Tagesreisen fuhr sie von Richmond weiter nach Windsor, erreichte über West Wycombe Ricote, wo sie von Lord Williams of Thame bewirtet wurde, und fuhr schließlich nach Woodstock. Es schien mehr ein Festzug als der Weg in die Gefangenschaft zu sein. Aus den Dörfern und von den Feldern eilten die einfachen Leute herbei, um Elisabeth zu sehen, und sie bekundeten lebhaft ihre Sympathie.

Dies alles schilderte Otis in glühenden Farben, und Margret konnte an seinen leuchtenden Augen erkennen, dass die Prinzessin seine ganze Sympathie besaß, ebenso Sallys und Humps.

Ihr war es völlig gleichgültig, wer England regierte, Hauptsache man ließ sie in Ruhe. Viel mehr beschäftigte sie ihre Ehe. Margret hatte keine Ahnung, was das Wort Liebe bedeutete. Nein, sie war in Otis nicht verliebt, aber sie fühlte sich in seiner Gegenwart wohl. Er war ihr ein guter Freund geworden. Über eine Sache jedoch machte Margret sich so ihre Gedanken. Sie und Otis lebten jetzt schon mehrere Wochen zusammen, sie hatten Spaß miteinander und in Sally und Hump gute Freunde gefunden. Ja, Margret musste sich eingestehen, dass Otis ihr auch als Mann gefiel und sie geneigt war, ihm mehr als nur Freundschaft zu schenken. Er indes behandelte sie immer freundlich und mit großem Respekt, aber nie wie eine Ehefrau. Manchmal strich er Margret sanft übers Haar oder hauchte ihr einen flüchtigen Kuss auf die Wange, doch nie hatte er sich ihr so genähert wie ein Mann seiner Frau. In Snowhill Manor hatten die Knechte und Mägde keinen Hehl aus ihren Beziehungen gemacht, und Margret war nicht behütet aufgewachsen. Vielleicht brauchte Otis einfach ein bisschen Zeit, sich seiner Gefühle ihr gegenüber klar zu werden. Schließlich durfte sie nicht vergessen, dass er sie nur aus Mitleid und nicht aus Liebe zur Frau genommen hatte. Margret wollte dem Schicksal dankbar sein, dass sie es unter diesen Umständen so gut getroffen hatte und unter Otis', Sallys und Humps Schutz sicher leben konnte.

Kapitel 8

Im Februar des Jahres 1555 brach eine Schreckensherrschaft über London herein. Nachdem sich kurz nach der Jahreswende die scheinbare Schwangerschaft von Königin Mary nicht bestätigt hatte, begann sie mit ihrem grausigen Feldzug gegen die Protestanten. Auch wenn die Einwohner Londons an das Schauspiel von Hinrichtungen und sogar an den furchtbaren Verrätertod – Hängen, Aufschlitzen und Vierteilen – gewöhnt waren, so sahen sie in den Ketzergerichten eine besonders abstoßende Form der Gewaltausübung. Mit der Herrschaft Philipps hatte auch der spanische Geist in England Einzug gehalten. Düsternis senkte sich über das Land, einzig erhellt von den Scheiterhaufen, die in Smithfield, der Hinrichtungsstätte, entzündet wurden. Vielen besser gestellten Protestanten gelang rechtzeitig die Flucht aufs Festland, einige fügten sich der Macht der neuen »alten« Kirche, und all die, deren die Häscher habhaft werden konnten, traten den Weg nach Smithfield an, darunter auch politisch Verdächtige, durch deren Tod sich die Krone Feinde vom Hals schaffen und sich zudem bereichern konnte. Sooft der Wind über London strich, trieb er schwarze Rauchwolken vor sich her, und das Volk gab der Königin einen neuen Namen: »Bloody Mary« – Maria, die Blutige.

An einem Samstagabend herrschte im *Arthur's Arms* Hochbetrieb. Trotz der Gräueltaten, die die Stadt beherrschten, schaffte es Otis immer wieder, mit seinen Liedern die Gäste zu begeistern und sie eine Weile ihre Sorgen vergessen zu lassen. Margret achtete zuerst nicht auf den dunkel gekleideten Mann, der hastig den Schankraum betrat. Verstohlen sah sich der Fremde um, eilte dann zu Hump und flüsterte:

»Sie haben Geoffrey!«

Margret hatte die leisen Worte ebenfalls verstanden und konnte nun sehen, wie Hump aschfahl im Gesicht wurde. Auch Otis beobachtete den Mann aus den Augenwinkeln, anscheinend war er hier kein Fremder, obwohl Margret sich nicht erinnerte, ihn zuvor schon mal gesehen zu haben. Hump gab Otis ein Zeichen, woraufhin er sofort sein Spiel abbrach. Das war für Margret neu. So kombinierte sie, dass es sich um etwas Wichtiges handeln musste. Ohne weiter auf sie zu achten, verschwanden Hump, Sally und Otis in der hinteren Kammer. Zu gerne hätte Margret gelauscht, aber schon wurde nach frischem Bier verlangt, und sie musste sich sputen, um den Wünschen der Gäste gerecht zu werden.

»Du bist dir wirklich sicher, Ed?« Die drei sahen den Mann bestürzt an, und Otis fragte heiser: »Wann haben sie Geoffrey geholt?«

»Heute Nachmittag, sie haben ihn in seiner Werkstatt verhaftet«, antwortete der als Ed Angesprochene. »Er hatte keine Chance, es waren sechs Schergen, die ihn fesselten.«

»Oh, Gott steh uns bei!«, jammerte Sally und presste ihre Schürze gegen den Mund. »Bald werden sie auch bei uns sein!«

»Still, Weib!« Barsch fuhr Hump seine Frau an. »Man wird zwischen Geoffrey und uns keine Verbindung herstellen können. Wir haben uns nie getroffen.«

Otis kratzte sich ausdauernd am Kopf.

»Sie werden ihn foltern. Im Tower ist noch jeder zum Reden gebracht worden.« Otis ging nervös auf und ab. »Wir waren so nahe dran! So nahe! Nur noch zwei Wochen, und wir hätten die Prinzessin aus Woodstock befreien können. Geoffrey hatte einige Diener bestochen, und Bedingfield wäre bald ein toter Mann gewesen. Verdammt!« Er hieb mit der Faust kräftig auf den Tisch. »Wir waren so nahe dran!«

Hump legte beruhigend seine Hand auf die Schulter des Freundes.

»Ich denke auch, dass Geoffrey sprechen wird. Er war zwar ein schlauer Fuchs, aber als sehr tapfer schätze ich ihn nicht ein.«

»Du redest so, als sei Geoffrey schon tot! Vielleicht lassen sie ihn auch wieder frei?« Sallys Stimme war voller Hoffnung, doch in ihren Augen stand die blanke Angst. »Du musst verschwinden, Otis, noch heute Nacht«, riet Hump eindringlich. »Geh zurück nach Cornwall, kein Mensch außer uns weiß, dass du von dort kommst. Sie werden dich nicht bis dahin verfolgen.«

Otis umarmte seinen Freund.

»Was wird aus euch? Aus dem *Arthur's Arms*? Ich kann euch doch nicht im Stich lassen!«

Sally wischte sich eine Träne aus den Augen.

»Wir werden hierbleiben, wir haben keine andere Heimat. Ich bete zu Gott, zu dem richtigen, protestantischen Gott, er möge uns beschützen und Geoffrey die Kraft zum Schweigen geben. Aber du, Otis, musst dich in Sicherheit bringen. Du bist der Anführer unserer Gruppe, nur wenn du lebst, wird eines Tages die richtige Königin auf dem Thron sitzen.«

Otis schüttelte nachdenklich den Kopf.

»Nein, wenn ihr hier ausharrt, werde ich es auch. Wir müssen für unsere Sache kämpfen und dürfen nicht davonlaufen. Ich werde versuchen, noch heute Allington zu erreichen. Er kann vielleicht etwas für uns tun.«

»Glaubst du, Allington wird dir in so einer Sache helfen?«, fragte Hump zweifelnd.

»Ich muss es versuchen. Wünscht mir Glück.«

Eine Stunde später wurde Otis von einem drallen Dienstmädchen in ein hochherrschaftliches Zimmer geführt. Bewundernd blickte er sich in dem Raum um. Da hingen farbenprächtige Gobelins an den Wänden, die Möbel waren mit kunstvollen Schnitzereien verziert, und die Binsen auf dem Boden dufteten frisch. Otis musste nur wenige Minuten warten. Hastig betrat ein dicker, kleiner Mann den Raum. Laut schnaufend schloss er hinter sich die Tür.

»Bist du verrückt?«, herrschte er den Besucher an. »Was willst du hier – mitten in der Nacht?«

»Thomas, ich brauche deine Hilfe! Es ist wichtig!«, bat Otis eindringlich. »Sie haben jemanden aus der Gruppe verhaftet. Jetzt steht unser Leben auf dem Spiel.«

Thomas Allington hob abwehrend die Hände.

»Du weißt, dass ich mit deinen politischen Machenschaften nichts zu tun haben will! Was glaubst du, was passiert, wenn der Rat merkt, dass ich dir unsere Bücher ausleihe!«

Otis sah dem kleineren Mann fest in die Augen. Er hasste sich für das, was er jetzt tun musste, aber es ging nicht nur um sein, sondern auch um das Leben seiner Freunde. Und Allington war der Einzige, der es retten konnte.

»Was, glaubst du, würde der Rat, allen voran die Königin, zu unserer ... nun, sagen wir ... Freundschaft sagen?«

Thomas Allington wich erschrocken zurück.

»Das würdest du nicht wagen! Du wärst ein toter Mann!«

»Das bin ich ohnehin. Aber ich ziehe dich mit rein. Ich denke nicht, dass der Tower ein so angenehmer Aufenthaltsort ist wie dieses Haus hier.« Otis machte eine umfassende Handbewegung.

An den Schweißperlen auf Allingtons Stirn konnte er erkennen, dass er gewonnen hatte. Oh, er hatte sich jahrelang verkauft, nur um an Bücher, sein Lebenselixier, zu kommen. Allington war immer gut dabei gefahren. Jetzt würde er seine Rechnung begleichen können.

»Was muss ich tun?«, flüsterte Thomas Allington.

»Heute Nachmittag wurde Geoffrey Hundson verhaftet. Er befindet sich im Tower und wird vermutlich noch heute Nacht, spätestens jedoch morgen, gefoltert. Du kannst dafür sorgen, dass Geoffrey nicht mehr aussagen kann, Thomas. Sterben wird er so oder so, man bräuchte es nur zu beschleunigen.«

Allington trat auf Otis zu und sah ihm in die Augen.

»Gut, er wird zum Schweigen gebracht. Aber dich, Otis Pendellion, möchte ich weder in meinem Haus noch in meinem Leben jemals wiedersehen, hast du verstanden?«

Otis nickte ihm kurz zu und verließ, vorsichtig um sich blickend, das herrschaftliche Haus am Nordufer der Themse. Er wusste, Allington würde sein Wort halten. Viel zu sehr fürchtete dieser Mann den Skandal, wenn bekannt würde, dass Otis Pendellion und der stellvertretende Bürgermeister der Stadt London schon seit Jahren ein Liebespaar waren.

Der Sommer in diesem Jahr war heiß und trocken. Überall in London fürchteten sich die Bewohner vor der Pest, die häufig bei warmem Wetter auftrat. Auch Margret machte sich große Sorgen. Auf dem Land, in den Cotswolds, hatte sie diese schreckliche Krankheit nicht gekannt. Doch in diesem Jahr blieb man von einer Epidemie verschont.

Nicht verschont wurden die Bewohner des *Arthur's Arms* von der schleichenden Angst, die sich bei allen breit machte. Thomas Allington hatte ganze Arbeit geleistet. Wie Otis später erfuhr, starb Geoffrey, bevor er die Namen der Mitverschwörer nennen konnte. Trotzdem lebten Hump, Sally und Otis in ständiger Furcht. Jeder Fremde, der die Schänke betrat, wurde argwöhnisch beobachtet, und es fanden keine geheimen Treffen mehr im Hinterzimmer statt.

Margret blieb die in der Luft liegende Spannung nicht verborgen. Ihr Mann schlief schlecht, wälzte sich unruhig im Bett hin und her und erwachte oft schweißgebadet. Auch Sally hatte stets einen gehetzten Ausdruck im Blick, etwas, das Margret an der gutmütigen Frau bisher nie aufgefallen war.

Sehr zur Freude von Otis widmete sich Margret ausgiebig ihren Studien. Er schien der geborene Lehrer zu sein. An einem sonnigen Oktobernachmittag sprachen sie ausführlich über das Leben des großen Königs Heinrich. Otis erklärte Margret die Spaltung der englischen Kirche von Rom. Deutlich konnte sie sein Missfallen an Königin Mary heraushören, und sie sah das Leuchten in seinen Augen, wenn er von Prinzessin Elisabeth sprach. Sie war nicht dumm, nein, und hatte schon längst einen Zusammenhang zwischen der seelischen Anspannung ihrer Freunde und der politischen Lage erkannt. Durch ihre Erlebnisse fühlte sie sich mit Elisabeth ebenfalls verbunden, auch wenn sie am liebsten alles vergessen hätte.

»Hast du die Prinzessin schon einmal gesehen?«, fragte sie Otis und wartete gespannt auf seine Antwort.

Er schüttelte den Kopf.

»Nein, wo denkst du hin! Aber sie muss eine wundervolle junge Frau sein.«

Es gab Margret einen Stich, ihren Mann so von Elisabeth schwärmen zu hören. Noch immer hatte sich an ihrer Beziehung zueinander nichts geändert. Margret konnte mit Recht behaupten, dass Otis ihr bester Freund geworden war. Ihre anfängliche Angst vor der Ehe mit einem Fremden hatte sich völlig gelegt, und sie genoss jetzt das Zusammenleben mit diesem Mann. Nein, verliebt war sie gewiss nicht in ihn, aber sie fühlte sich in seiner Gegenwart sicher und geborgen. Nur dachte Margret in den letzten Monaten immer mehr daran, wie es wohl wäre, ein Kind zu haben. Jeden Tag beobachtete sie auf den Straßen junge Mütter mit ihren Kindern, und so etwas wie Neid machte sich in ihr breit.

Heute schien Otis in einer lockeren, gelösten Stimmung zu sein. Margret wusste, irgendwann musste sie über ihre Sorgen sprechen. Wenn es nur nicht so furchtbar peinlich wäre!

»Otis ...«, begann sie langsam, um dann gleich errötend den Kopf zu senken.

»Ja?«

»Ich ... ich wollte dich schon lange etwas fragen.«

Otis setzte sich neben Margret und nahm ihre Hand. »Hast du Kummer? Dich bedrückt etwas!«

Margret gab sich einen Ruck. Jetzt oder nie, dachte sie und sah ihrem Mann fest in die Augen.

»Otis, du weißt, ich werde dir immer dankbar sein, dass du mein Leben gerettet hast. Zuerst war es für mich schrecklich, einen Fremden zu heiraten und dir zu folgen, aber ich glaube, wir verstehen uns inzwischen sehr gut, oder?«

Abwartend sah sie Otis an. Dieser nickte bestätigend.

»Ja, natürlich, Margret. Besonders freut es mich, dass du so lernbegierig bist und ich all meine Gedanken mit dir teilen kann.«

Das war es nicht gerade, was Margret hören wollte, also wagte sie einen zweiten Vorstoß.

»Otis Pendellion, findest du mich attraktiv?«

Otis hielt einen Moment lang die Luft an. Jetzt also, dachte er, jetzt muss ich ihr alles beichten. Irgendwann musste dieser Augenblick ja kommen.

»Komm, Margret«, sagte er leise, »lass uns nach draußen gehen. Ich möchte dir eine längere Geschichte erzählen.«

Schweigend gingen sie durch die engen Gassen der Stadt, passierten ein Tor und kamen zu einer Wiese. Unter einem Baum, dessen Blätter in herrlichen Brauntönen leuchteten, nahmen sie Platz. Es war ein wunderschöner Tag. Die Sonne schien warm, aber der Geruch des Herbstes lag schon in der Luft. Vereinzelte Krähen pickten auf den nahe liegenden Feldern, und golden schimmerten die Mauern der Stadt im Hintergrund.

Tief atmete Otis die Luft ein, dann begann er zu sprechen, ohne Margret dabei anzusehen.

»Cornwall ist ein wunderschönes Land. Pendellion House, wo ich geboren und aufgewachsen bin, liegt am Rande des Bodmin Moors und wurde von meinem Großvater vor rund sechzig Jahren erbaut. Zur Zeit meiner Geburt, also vor über sechsundzwanzig Jahren, gab es in England nur die katholische Kirche, doch begann in London gerade der Prozess um die Scheidung König Heinrichs von seiner ersten Frau Katharina von Aragon. Uns in Cornwall berührte das alles nicht sehr, Nachrichten erreichten uns, wenn überhaupt, erst Monate später, und meine Eltern waren ohnehin nie politisch interessiert.« Otis machte eine kleine Pause.

»Wie sind deine Eltern?«, fragte Margret leise dazwischen.

Otis Blick ging in die Ferne. Er schien mit seinen Gedanken weit fort zu sein.

»Meine Mutter war eine wundervolle Frau. Sie war schon weit über dreißig, als Gott meinen Eltern endlich ein lebensfähiges Kind schenkte. Aber ich wurde einige Wochen zu früh geboren, und es grenzte an ein Wunder, dass ich überlebte. Meine Mutter erzählte nur später, dass sie manche Nacht an meinem Bett durchwacht hatte, weil ich häufig kränkelte und dem Tod näher war als dem Leben. Wenn ich mich heute an meine Mutter erinnere, so ist da immer ein warmes, weiches Gefühl in mir. Das Gefühl, das ich hatte, wenn sie mich an ihren Busen drückte und liebkoste. Als ich ein Jahr alt war, kam mein Bruder Leonard auf die Welt. Es war eine unkomplizierte Geburt und Leonard ein kräftiger, gesunder Bursche. Meine ersten Erinnerungen habe ich etwa an die Zeit, als ich drei wurde. Leonard hatte mich, obwohl ein Jahr jünger, an Größe und Kraft bereits überholt. Er lernte schneller laufen, sprach früher und war überhaupt sehr aufgeweckt. Ich erinnere mich daran, wie mein Vater uns betrachtete und sein Blick wohlwollend auf Leonard, aber verächtlich auf mir ruhte. Immer war es mein Bruder, der unseren Vater auf Ausritten begleiten durfte. Stolz saß Leonard dann vor ihm auf dem Pferd und juchzte hell und laut, wenn Vater im Galopp den Hof verließ. Einerseits beneidete ich meinen Bruder, weil er die ungeteilte Aufmerksamkeit des Vaters besaß, auf der anderen Seite fühlte ich mich in der Nähe meiner Mutter wohler. Als Kind fürchtete ich mich unsäglich vor Pferden. Sie waren so schrecklich groß! Viel glücklicher war ich in der Kammer meiner Mutter, wo sie mit ihrem Stickrahmen am Fenster saß und die wundervollsten Motive unter ihren Händen entstanden. Stundenlang konnte ich mit den bunten, farbigen Resten der Fäden spielen. Meine Mutter erzählte mir die Sagen aus Cornwall, die du ja durch meine Lieder kennst: Von dem Riesen Bedruthan, der sich an der Nordküste aus Felsblöcken eine Treppe ins Meer baute; von den neun unglücklichen Mädchen, die während des sonntäglichen Tanzes zu Stein erstarrten, oder sie berichtete über den heiligen St. Nectan, der als Einsiedler jahrzehntelang bei einem Wasserfall hauste. Obwohl meine Eltern, wie ich bereits erwähnte, sich für die Landespolitik nicht interessierten, blieben auch wir von den Ereignissen, die das Land erschütterten, nicht verschont. Meine Mutter begann sich für die protestantischen Lehren zu interessieren und wandte sich langsam von der katholischen Kirche ab. Meinem Vater war es mehr oder weniger egal. Hauptsache, Pendellion House wurde nicht in irgendwelche Intrigen hineingezogen. Aber dafür war das Bodmin Moor viel zu weit von London entfernt.

Als ich acht und Leonard folglich sieben Jahre alt wurde, erhielten wir einen Hauslehrer. Und endlich konnte ich Leonard übertrumpfen! Ich lernte schnell und leicht, war an allem interessiert. Besonders die dicken Bücher faszinierten mich, das ist bis heute so geblieben. Leonard bereitete der täglich stattfindende Unterricht sichtlich Unbehagen. Unruhig rutschte er auf seinem Schemel hin und her und schielte nach allem, was sich draußen abspielte. Er war unaufmerksam und faul. Unser Lehrer bestrafte ihn öfters mit Schlägen, und ich muss zugeben, dass mir das eine gewisse Genugtuung bereitete. Je älter wir wurden, umso größer und kräftiger wurde mein Bruder. Mit zehn Jahren überragte er mich schon um einen Kopf. Oft zwang mich mein Vater, mit Leonard mit Holzschwertern zu kämpfen. Obwohl es nur ein Spiel war, wurde ich einige Male dabei verletzt. Leonard verstand sein Schwert zu führen und versetzte mir immer wieder schmerzhafte Hiebe. Ich bin überzeugt, er hätte mich ohne zu zögern getötet. Wir mussten uns auch prügeln. Mein Bruder schlug unbarmherzig auf mich ein, bis ich blutend am Boden lag. Körperlich hatte ich keine Chance gegen ihn. Es hat mir auch immer widerstrebt, zu kämpfen und andere Menschen zu verletzen. Aber mein Vater nannte es Abhärtung, er wollte richtige Männer aus uns machen. Nie vergesse ich die ängstlichen und traurigen Blicke meiner Mutter bei solchen Szenen. Doch sie wagte es nicht, sich gegen den despotischen Hausherrn aufzulehnen. Später versorgte sie liebevoll meine Wunden und trocknete meine Tränen. Nie durfte mein Vater bemerken, dass ich weinte! Je älter Leonard und ich wurden, umso offensichtlicher war es, dass unser Vater Leonard vergötterte.

Eines Tages, ich erinnere mich, als sei es gestern gewesen, betrachtete Vater uns bei unseren Studien. Leonard kleckste gelangweilt auf seinem Papier, ich widmete mich intensiv einem Buch. Ich war unsicher und verwirrt, von meinem Vater beobachtet zu werden. Plötzlich strich er Leonard übers Haar und sagte mit kalter Stimme:

›Manchmal wäre es besser, wenn der Erstgeborene gestorben wäre. Dann könnte der fähigere Sohn das Erbe antreten.‹

Als ich sechzehn Jahre alt war, starb unsere Mutter. Sie hatte sich von einer Erkältung nicht richtig erholt und musste nicht lange leiden. Vater und Leonard schienen nicht sehr zu trauern, doch mir fehlte sie unsäglich. Mutter war mein einziger Bezugspunkt in Pendellion House gewesen. Mein Bruder hatte sich inzwischen zu einem gut aussehenden jungen Mann entwickelt, der vor Kraft nur so strotzte. Innerhalb eines Jahres schwängerte er drei Mädchen in der näheren Umgebung und bezog von meinem Vater nicht etwa Schelte, wie ich geglaubt hatte, sondern Bewunderung. ›Ein ganzer Mann!‹, sagte er stolz.

In einem Frühjahr zog eine Gauklertruppe durchs Land. Sie gaben in St. Neot, dem Pendellion nächstgelegenen Dorf, einige Vorstellungen. Auch ich konnte mich dem Zauber dieser Menschen nicht entziehen. Da gab es die schrecklich dicke Frau mit einem Schnurrbart; einen Mann, der mit bloßen Füßen auf einem Schwert stand, und zwei schwarzhäutige Männer. Am meisten aber faszinierte mich ein junger Mann, der mit weicher Stimme wunderbare Melodien zu seiner Laute sang, manchmal in einer fremden Sprache, die ein wenig Ähnlichkeit mit unserer cornischen hatte. Es war Keltisch, die Sprache der Iren, wie ich später erfuhr.

Einige Tage, nachdem ich die Gruppe im Dorf gesehen hatte, traf ich den Sänger auf einer Wiese. Er saß, wie du und ich jetzt, unter einem Baum und spielte auf seiner Laute. Vorsichtig näherte ich mich ihm.

›Ihr singt wundervoll‹, sprach ich ihn an.

Er schien erfreut über mein Kompliment und bat, ich möge mich zu ihm setzen. Sein Name war Darcy, er stammte aus Irland und zog seit einem Jahr mit den Gauklern durchs Land. Dies war der Beginn einer Freundschaft! Wir trafen uns am Tag, und Darcy meinte, meine Stimme wäre ebenfalls sehr schön. So kam es, dass wir stundenlang zusammen die Laute schlugen und Balladen sangen. Ich dachte an die cornischen Legenden und machte daraus Lieder. Von Darcy dazu animiert, begann ich auch in Cornisch zu singen.

Diese Wochen waren mit die glücklichsten in meinem Leben. Ich freute mich jeden Morgen auf das Treffen mit Darcy, und oft träumte ich nachts von ihm. Aber es waren erschreckende Träume! Ich berührte sein lockiges, blondes Haar oder streichelte ihm zart über die Wange. Ich fürchtete mich vor mir selbst, konnte aber nicht leugnen, dass mein Herz vor jedem Treffen wie ein unruhiger Vogel in der Brust schlug.

Darcy war meine Verwirrung nicht entgangen. Doch mit ihm war alles so leicht. ›Wehre dich nicht gegen deine Gefühle‹, sagte er eines Tages. ›Steh dazu – mir geht es genauso.‹ Und so kam das Unvermeidliche.«

Otis senkte den Kopf. Margret saß wie erstarrt. Tausend Gedanken schwirrten durch ihren Kopf. Sie musste das eben Gehörte erst einmal verarbeiten.

Leise sprach Otis weiter: »Nun wusste ich also, warum ich nicht wie Leonard den Mädchen aus der Umgebung nachlief. Warum es mich abstieß, wenn mein Bruder in allen Einzelheiten von seinen Eroberungen berichtete. Auch ich hatte endlich das Wunder der Liebe kennen gelernt, doch diese Liebe galt einem Mann.

Es war ausgerechnet Leonard, der uns entdecken musste. Zum ersten Mal sah ich meinen Bruder sprachlos und entsetzt. In ohnmächtiger Wut stürzte er sich auf Darcy, der ihm genauso unterlegen war wie ich. Oh, Margret, ich konnte ihm nicht helfen! Leonard schlug immer wieder auf ihn ein, und ich stand daneben, vor Angst unfähig, mich zu rühren. Darcy überlebte diesen Angriff nicht.

Natürlich gab es für Leonard kein Nachspiel, denn Darcy war ja nur ein fahrender Sänger gewesen. Ich musste noch am gleichen Tag das Haus verlassen. Mein Vater tobte und schrie mit hochrotem Kopf, er wolle mich niemals wieder sehen.

›Ich habe von dieser Stunde an nur noch einen Sohn und Erben – und das ist Leonard! Du hast dieses Haus beschmutzt und mich in meiner Ehre gekränkt, möge Gott dich eines Tages dafür strafen!‹

So kam ich nach London. Aus Zufall betrat ich *Arthur's Arms* und traf die besten Freunde, die man sich denken kann: Hump und Sally. Sie kennen meine Geschichte, und ich habe in ihrem Gasthaus durch meinen Balladengesang ein recht gutes Auskommen.

Ja, und dann bist du in mein Leben getreten, Margret. Ich fühlte sofort eine gewisse Sympathie für dich und konnte es nicht zulassen, dass du getötet wirst. Aber Margret, so sehr ich dich als Menschen schätze, es wird mir wohl nie möglich sein, dich als Frau zu lieben. Wenn du mich jetzt verachtest und mich verlassen möchtest, kann ich es dir nicht verübeln.«

Die Pause, die nun entstand, schien endlos. Schließlich griff Margret nach Otis' Hand.

»Die Dämmerung bricht an. Lass uns zurückgehen, bevor die Tore geschlossen werden. Und Otis – ich bin sehr gerne deine Frau und möchte bei dir bleiben. Morgen werde ich dir meine Geschichte erzählen, dann gibt es keine Geheimnisse mehr zwischen uns.«

Kapitel 9

Ungeduldig trat Sally von einem Fuß auf den anderen. »Wann kommen sie denn endlich!«, rief sie immer wieder.

»Es ist ein langer Weg vom Tower nach Westminster«, erklärte Hump. »Sie werden bald zu sehen sein.«

Tausende, nein, Zehntausende von Menschen säumten an diesem Januartag die Straßen Londons. Schon in Eastchep standen sie, dann bei St. Paul, Ludgate Hill hinunter, die Fleet Street hinauf und den Strand am Ufer der Themse entlang. Aus den Brunnen der Stadt floss heute roter Wein statt Wasser, und die Garküchen kamen mit dem Zubereiten der köstlichsten Speisen beinahe nicht nach.

Ganz London, nein, ganz England war aus einem Albtraum erwacht und feierte die Geburtsstunde einer neuen Zeit. Margret betrachtete den Trubel um sich herum mit gemischten Gefühlen. Heute würde sie zum ersten Mal auch die Frau sehen, wegen der sie vor Jahren beinahe hätte sterben müssen. Sie hängte sich bei Otis ein und schmiegte sich an ihn. Ihre Beziehung hatte sich seit seinem Geständnis nicht geändert, und es machte Margret nichts aus, dass ihr Mann ein paar Mal Freundschaften zu anderen Männern pflegte. Otis war immer sehr rücksichtsvoll und diskret vorgegangen. Außerdem liebte Margret ihn nicht so, wie es unter Eheleuten üblich war. Nein, sie sah in ihm vielmehr den großen Bruder, den sie nie gehabt hatte. Was Liebe für sie sein könnte, darüber hatte Margret nie ernsthaft nachgedacht. Es gab einige Menschen, die ihr viel bedeuteten, dazu gehörten Sally und Hump. Aber sie konnte sich nicht vorstellen, dass es jemals einen Mann geben würde, für den sie das, was andere Leute als Liebe bezeichneten, empfinden würde. Wenn lüsterne Blicke oder obszöne Gesten Liebe verheißen sollten – darauf konnte sie verzichten!

Die Bewohner von *Arthur's Arms* hatten sich in den letzten Jahren aus den politischen Machenschaften herausgehalten. Der Schreck nach Geoffreys Tod saß ihnen allen in den Gliedern. Sally, Hump und auch Otis hingen zu sehr am Leben, als dass sie dieses noch einmal aufs Spiel gesetzt hätten. In ruhigen Momenten saßen die Freunde zusammen und sprachen von einer besseren Zeit, einer Zeit, in der jeder Mann und jede Frau frei seinen Glauben würde äußern können, ohne dass das Henkersbeil über den Köpfen schwebte.

Und jetzt war es endlich so weit! Maria Tudor war am 17. November 1558 an der Wassersucht gestorben. Und heute, am 17. Januar des Jahres 1559, sollte Elisabeth in aller Pracht und Feierlichkeit gekrönt werden! »Lang lebe Regina Anglorum – Königin von England! Lang lebe Königin Elisabeth!«

Aus Tausenden von Kehlen gellte der Ruf durch die Straßen, immer und immer wieder. Freude strahlte aus den Augen der Menschen, die jahrelang nur Angst, Schrecken und Folter gekannt hatten. Der Geruch der Feuer von Smithfield lag noch über der Stadt, doch heute wurde er übertüncht durch Millionen von getrockneten Blüten, die eigens für diesen Tag aus Italien herbeigeschafft worden waren. Blüten und Blumen im Januar! Ein Zeichen! So etwas konnte nur eine bewirken, Elisabeth, die jungfräuliche Königin!

Elisabeth, eingekerkert von ihrer Stiefschwester, zuerst im Tower, dann in einem verfallenen Schloss in Woodstock. Elisabeth, die sich vor Entscheidungen mit Flucht in Krankheiten gerettet hatte. Elisabeth, die ihren Glauben nach der Laune der Königin gerichtet und es bestens verstanden hatte, ihre Fahne in den richtigen Wind zu halten, wie hinter vorgehaltener Hand getuschelt wurde.

Heute war *ihr* Tag – Elisabeth Tudor wurde zur Königin von England gekrönt!

»Sie kommen! Da, seht! Ich kann schon die ersten Reiter erkennen!«

Margret, der der viele Wein bereits zu Kopf gestiegen war, stellte sich auf Zehenspitzen und spähte die Straße hinab.

Tausend Pferde, alle in goldene Schabracken gehüllt, führten den Zug an. Golden war das Zaumzeug, golden die Satteldecken, golden die Geschirre. Junge, stolze und aufrechte Männer saßen hoch zu Ross, gefolgt von den Höflingen, Richtern, Kirchenmännern und amtlichen Würdenträgern. Dann kam der Lord Mayor, der Bürgermeister der Stadt, mit dem goldenen Zepter und neben ihm der Oberste Wappenherold mit dem goldenen Reichsapfel. Hinter ihnen schritt Lord Pembroke und hielt das Staatsschwert hoch erhoben. Die von zahllosen Perlen schimmernde, mächtige Scheide leuchtete in der Wintersonne golden auf.

Und jetzt kam sie! Die Kutsche war umgeben von einer marschierenden Mauer aus Wachsoldaten, darunter die Ehrengarde und die königliche Leibgarde. Im scharlachroten Samt, schwer von goldenen und silbernen Spangen, waren sie herrlich anzusehen. Inmitten dieser Pracht saß Elisabeth!

Stolz und aufrecht wie eine wahre Königin! Sie war in Weiß und Gold gekleidet, und ihr rotblondes Haar fiel in dichten Wellen bis auf ihre Hüften hinab. Sie präsentierte sich ganz als jungfräuliche Königin, hoch erhoben thronte sie auf acht großen, weißen, mit Gold gesäumten Seidenkissen wie in einem Nest.

»Lang lebe die Königin!«, hallte der Ruf durch die Straßen.

Dann war der Zug auf der Höhe von Otis und seinen Freunden. Die Königin grüßte nach allen Seiten, und kurz blieb ihr Blick auf Otis' Gesicht hängen.

»Ihre Gnaden zu sehen!«, rief er laut. »Ihr gesegnetes Antlitz zu sehen!«

Dafür hatte Otis Pendellion die vergangenen Jahre gelebt und gelitten, gehofft und geträumt. Jetzt saß die wahre Königin von England auf dem Thron, und jetzt würde im ganzen Land der wahre Glaube herrschen. Kaum war die Königin vorübergezogen, stutzte Otis und wandte sich nach Margret um.

»Du siehst tatsächlich aus wie sie!«, murmelte er und betrachtete seine Frau eingehend. Längst hatte ihm Margret ihre unglückselige Geschichte erzählt, doch Otis hatte nur den Kopf geschüttelt und gemeint:

»Niemanden kann man mit der unbeschreiblichen Elisabeth verwechseln! Sie müssen alle blind gewesen sein!«

Doch jetzt starrte er Margret fassungslos an. Diese hatte ihre Kapuze tief ins Gesicht gezogen und sagte: »Mir ist kalt. Ich möchte zurückgehen!«

Ja, es war nicht zu leugnen, sie war da, diese Ähnlichkeit, auch wenn Margrets Haar nicht den golden schimmernden Ton von Elisabeth hatte, ihr Rot war kräftiger und leuchtender, und ihre Gesichtszüge waren weicher. Elisabeths Antlitz strahlte eine Würde aus, eine Kraft, die wahrhaft königlich war.

»Wer war der Mann, der hinter der Königin ritt?«, fragte Margret, als sich die kleine Gruppe einen Weg durch das Getümmel bahnte. Dieser Mann, aufrecht auf einem schwarzen Schlachtross sitzend, ebenfalls ganz in Gold gekleidet, das einen leuchtenden Kontrast zu seinem schwarzen, lockigen Haar und dem dunklen Bart bildete, hatte tiefen Eindruck auf Margret gemacht. Noch nie zuvor hatte sie einen solch schönen Mann gesehen! Ein wenig erinnerte er sie an den Lordadmiral Thomas Seymour, doch war alles an ihm stärker ausgeprägt, irgendwie männlicher.

»Das war Robert Dudley, Oberstallmeister der Königin. Sie kennt ihn schon seit Kindertagen, und es heißt, die Königin soll heftig in ihren Robin verliebt sein«, antwortete Otis lachend.

»Werden sie heiraten?«, fragte Margret naiv.

»Nein, natürlich nicht! Abgesehen davon, dass Dudleys Familienangehörige als Verräter gebrandmarkt sind, ist der schöne Robin bereits verheiratet. Eine Jugendtorheit, die er wohl schon aufs Tiefste bereut hat. Jetzt lass uns aber eilen, dass wir nach Hause kommen. Sieh, die meisten Menschen sind schon so betrunken, dass es heute Nacht wohl noch zu Ausschreitungen in der Stadt kommen wird.«

Robert Dudley! Den ganzen Weg über musste Margret an das markante, männliche Gesicht des Günstlings denken. Und sie konnte nicht verhindern, dass sie in Gedanken immer wieder seinen Namen flüsterte: Robert Dudley!

Als Margret früh am Morgen erwachte, ließ kein Sonnenstrahl dieses herrlichen Tages auf die Veränderung in ihrem

Leben schließen. Es war wieder Sommer geworden, und Elisabeth saß schon seit einigen Jahren auf dem Thron. Das Lachen und die Freude waren in die Gesichter der Bewohner Londons zurückgekehrt. Man scherzte und rief sich Neckereien zu, wenn Margret auf den Markt oder zum Brunnen ging. Die Kleider der Frauen waren wieder bunt und ausgeschnitten, keiner brauchte mehr Angst zu haben, wegen Ketzerei in den Kerker geworfen zu werden. Die Königin hatte veranlasst, dass die schlimmsten Kloaken der Stadt ausgeräumt und gesäubert wurden. Stinkende Abfallgruben verschwanden, und so konnte die Sommersonne unbeschwert auf die schiefen Häuser der Stadt scheinen, ohne dass der Stachel der Pest das Leben der Bewohner bedrohte.

Zwei Ereignisse hatten das Land in diesen Jahren erschüttert.

Maria Stuart, die Königin von Schottland und Frankreich, stand völlig unter dem Einfluss ihrer Schwiegermutter Katharina von Medici. Auf deren Anraten führte sie in ihrem Wappen nicht nur die Embleme Frankreichs und Schottlands, sondern auch die Englands! Maria Stuart war der Überzeugung, dass Elisabeth als Bastard kein Recht auf die englische Krone besaß. Unbestritten wäre sie dann die rechtmäßige Erbin, aber Maria Stuart war katholisch. Und nichts wollte das englische Volk weniger als wieder eine katholische Herrscherin. Zu schlimm war die Erinnerung an die andere Mary – an Maria, die Blutige.

Die Verbindung zwischen Königin Elisabeth und ihrem Oberstallmeister Robert Dudley wurde immer enger. Hinter vorgehaltener Hand tuschelte man schon längst von einer Liebesbeziehung zwischen den beiden. Einer Hochzeit stand nur Amy Robsart, Roberts Frau, im Wege. Doch diese verbrachte die meiste Zeit des Jahres allein und weit weg vom Hof auf dem Landgut Cunmor Place. Eines Tages hieß es, Amy Robsart sei tot! Gerüchten zufolge war sie eine Treppe hinabgestürzt und hatte sich den Hals gebrochen. Die Stimmen im Volk, die mutmaßten, Robert Dudley habe dabei seine Hände im Spiel gehabt, wurden immer lauter. Doch Elisabeth war eine weise Königin, der die Achtung und Liebe ihres Volkes über alles ging. Sie veranlasste eine gerichtliche Untersuchung des Falles, aus dem Robert Dudley als unschuldig hervorging. Trotzdem wusste die Königin, dass sie diesen Mann niemals würde heiraten können, das würde einem Schuldgeständnis gleichkommen. Also verzichtete sie auf ihre große Liebe, obwohl jeder am Hof von der innigen Beziehung zwischen den beiden wusste.

Otis hatte am Morgen schon zeitig das Haus verlassen, da er mit dem Sohn des Apothekers Latein studierte. Als Margret vom Markt zurückkehrte und ein einfaches Mittagsmahl zuzubereiten begann, hörte sie ihren Mann heimkehren.

»Die Suppe ist gleich fertig«, rief sie lachend und warf ihre langen Haare zurück ... Irgendwie war heute ein schöner Tag, sie fühlte sich frei und beschwingt. Doch dann sah sie in Otis' Gesicht und bemerkte die Veränderung. Er war bleich wie der Tod und stand schwankend unter dem Türstock.

»Mein Gott! Was ist passiert?«

Die Königin ... Eine eisige Hand griff nach Margrets Herzen.

Otis wankte in den Raum und ließ sich schwer auf einen Stuhl fallen. Stumm schüttelte er den Kopf. Margret reichte ihm einen Becher Wein, den Otis hastig in einem Zuge austrank.

»Margret, ich muss mit dir sprechen!«

»Ist der Königin etwas geschehen?«, fragte Margret mit bangem Herzen.

Otis schüttelte den Kopf.

»Nein, ich hoffe, es geht ihr gut. Oh Margret ...« Otis sprang auf und lief zum Fenster. Er sah auf die geschäftige Straße, lauschte dem Rufen und Lachen der Menschen und hörte das Knirschen der Wagenräder. »Margret, wir müssen London verlassen.« So, nun war es heraus.

»Was? Wann? Aber warum ...?« So viele Fragen auf einmal.

Es klopfte kurz an die Tür, und wenig später trat ein schlanker, ganz in Schwarz gekleideter Mann ein. Margret erkannte an seiner unauffälligen, aber vornehmen Kleidung sofort, dass es sich um einen Herrn von Stand handeln musste. Formvollendet zog der Fremde seinen Hut und verbeugte sich vor Margret.

»Lady Pendellion?« Dann wandte er sich an Otis. »Ich hielt es für richtig, noch einige Dinge mit Euch zu besprechen, Sir. Ich verstehe, dass Eure Gefühle aufgewühlt sind, aber es ist dringend notwendig, dass Ihr so bald wie möglich nach Cornwall reist.«

Lady Pendellion? Margret taumelte zu einem Stuhl und umklammerte die Lehne. Was hatte das zu bedeuten? Ein Fremder, der sich vor ihr verneigte, Otis' verstörtes Gesicht und die Ankündigung, London zu verlassen ... Margret verstand überhaupt nichts.

Otis besann sich seiner Erziehung und wandte sich an seine Frau.

»Verzeih, Margret, dass ich dir unseren Gast nicht vorgestellt habe. Es handelt sich um den Advokaten meines Vaters ... wie war Euer Name?«

»Daniel Shene, zu Diensten, Sir«, antwortete der Fremde mit einer erneuten Verbeugung.

»Also, Mr. Shene wurde von meinem Vater aus Cornwall gesandt. Er sucht mich seit vier Wochen in London, und erst heute hat er mich gefunden. Mein Vater ist schwer krank, es ist sein größter Wunsch, mich noch einmal zu sehen.«

»Dein Vater will dich sehen?« Margret schüttelte verwundert den Kopf. »Er hat dich doch vor Jahren regelrecht verstoßen!«

»Gestattet Ihr, dass ich mich einmische?«, fragte Mr. Shene. »Ich glaube, es sind noch einige Erläuterungen notwendig.«

Margret besann sich plötzlich auf ihre Rolle als Gastgeberin und bot Daniel Shene einen Stuhl und einen Becher Wein an. Den Letzteren lehnte er dankend ab, was Margret aber nicht hinderte, sich selbst einen einzuschenken. Ihre Gedanken drehten sich im Kreis.

Mr. Shene begann mit seiner ruhigen, leisen Stimme zu sprechen: »Sir Pendellion, Euer Vater ...«, ein Nicken ging zu Otis hin, »... bestellte mich vor einigen Wochen zu sich. Er war damals schon sehr schwach, sein Zustand mehr als bedenklich. Euer Bruder Leonard ließ uns nur ungern allein im Zimmer, doch schließlich musste er sich dem Willen Sir Pendellions beugen. Dieser nahm meine Hand, umklammerte sie und beschwor mich, Euch unter allen Umständen aufzuspüren und zu bitten, nach Hause zurückzukehren. Ich hatte den Eindruck, dass Euer Vater voller Angst war und er wusste, dass ihm nicht mehr viel Zeit blieb. Verzeiht, wenn ich das ausspreche, aber ...« Mr. Shene machte eine längere Pause, räusperte sich und meinte dann leise: »Er teilte mir indirekt mit, er glaube, sein Sohn Leonard und dessen Frau würden ihn vergiften.«

»Vergiften!« Margret sprang so heftig auf, dass der Stuhl umkippte. »Das ist ja furchtbar!«

Mr. Shene nickte.

»Ja, und da durchaus die Möglichkeit besteht, dass Sir Pendellion inzwischen nicht mehr unter den Lebenden weilt, seid Ihr der neue Besitzer von Pendellion House, Sir Otis Pendellion.«

»Aber mein Vater hat mich enterbt! Er warf mich vor Jahren aus dem Haus und wollte Leonard zu seinem Nachfolger machen!«

Daniel Shene kratzte sich ausgiebig am Kopf.

»Euer Vater war die letzten Jahre nicht sehr glücklich. Es gab ... sagen wir mal ... immer wieder Schwierigkeiten mit Eurem Bruder. So teilte er mir bei meinem letzten Besuch unumwunden mit, er habe kein Testament gemacht, also würde automatisch sein ältester Sohn, also Ihr, Otis, sein Erbe und Nachfolger werden.«

Margret und Otis sahen sich lange an. Schließlich lächelte er etwas gequält.

»Lady Pendellion! Na, wie gefällt dir das?«

»Ich glaube, daran muss ich mich erst gewöhnen, es ist alles so viel auf einmal«, antwortete Margret. »Wir werden also nach Cornwall reisen?«

»Ja, Mr. Shene ist so freundlich, uns einen Wagen zu besorgen. Außerdem hat mein Vater mir etwas Geld schicken lassen. Wir reisen morgen bei Tagesanbruch. Wenn das sommerliche Wetter bleibt, können wir Pendellion House in vier Wochen erreichen. Ich hoffe nur, dass wir unterwegs auf keine Wegelagerer stoßen. Aber wir haben nicht die Zeit, uns nach einer Gruppe umzusehen, die ebenfalls nach Cornwall reist. Das könnte noch Wochen dauern, und ich möchte so schnell wie möglich nach Hause.«

Nach Hause! Wie das klang! Langsam ließ Otis die Worte in sich nachklingen. Er schloss einen Moment die Augen und sah Pendellion House vor sich: den schmalen, lang gestreckten Bau aus grauen Steinen; den ummauerten Garten mit den gepflegten Rasenrabatten und die unvergleichliche Luft Cornwalls. Otis hörte das Rauschen des Windes in den Bäumen und roch den Duft des Moores, das sein Zuhause umgab. Oh, er freute sich! Zu lange war er fort gewesen, fort in der großen, stinkigen, verseuchten Stadt. Otis Pendellion freute sich wirklich, endlich nach Hause zu kommen!

Kapitel 10

Margret, die an ihre Reise von Sudeley Castle nach London nur verschwommene Erinnerungen hatte, genoss diese Wochen in vollen Zügen. Das sommerliche Wetter hielt an, sodass Otis und Margret nur selten die Nächte in Gasthäusern verbrachten.

»Die meisten Herbergen sind schmutzig und die Wirte Halsabschneider. Da die Unterkünfte an den wichtigsten Reisewegen liegen, sind die Preise für ein stinkiges Zimmer viel zu hoch. Wir wissen nicht, was uns in Cornwall erwartet, darum scheint es mir besser, mit dem Geld sparsam umzugehen.«

Das Pferd war zwar nicht mehr das jüngste, aber ein treuer Bursche. Langsam zuckelte es über die unbefestigten Straßen, und schon nach wenigen Tagen hatte sich Margret an das Schaukeln auf dem Wagen gewöhnt. Meistens nächtigten sie in Scheunen am Wegrand oder fanden einen Platz im Stall eines Bauernhofes. Gegen einen geringen Preis erhielten sie dann von den braven Bauersleuten ein herzhaftes Frühstück.

Staunend betrachtete Margret die Landschaft, die sie durchquerten. Hier war alles so anders als in den Cotswolds, viel herber und rauer, und es war kein Vergleich zu London. Margret mochte die Stadt, die Menschen, die Hektik, aber sie hatte sich nie an den Schmutz und Gestank gewöhnt.

Sie ließen Sussex hinter sich. In Wiltshire rasteten sie im Schatten der Steine von Stonehenge, fuhren in Dorset durch malerische, kleine Dörfer mit strohgedeckten Hütten und prächtigen Herrensitzen. Unzählige Schafe und Kühe weideten am Wegrand. Es war ein malerisches Bild, und Margret liebte es, täglich Neues zu entdecken. Nach über drei Wochen erreichten sie Exeter.

»Jetzt sind es nur noch wenige Tage«, sagte Otis. »Pendellion House liegt unmittelbar im Bodmin Moor, es gehört zum Dorf St. Neot. Der nächstgelegene größere Marktflecken liegt etwa zehn Meilen entfernt und nennt sich Liskeard. Oh, Margret, ich kann beinahe schon die cornische Luft riechen!«

Margret hatte bemerkt, wie Otis mit jeder Meile, die sie sich seiner Heimat näherten, unruhiger und nervöser geworden war. Auch sie selbst war aufgeregt. Was würde sie dort erwarten? Plötzlich, von einem Tag auf den anderen, war sie eine *Lady* geworden – sie, die uneheliche Tochter einer Hexe, ein Bastard, aufgewachsen als Küchenmädchen und von Otis vor dem Galgen bewahrt. Würde sie in Cornwall ihre Vergangenheit wie einen alten Umhang ablegen und endlich Frieden finden können?

Bei Gunnislake überquerten sie den Tamar.

»Der Tamar ist mehr als ein Fluss, er ist eine Grenze, Margret«, erklärte Otis. »Weißt du, dass die Leute in Cornwall sagen: ›Wir gehen jetzt nach England‹ und nicht ›Wir gehen jetzt nach Devon‹, wie es richtig heißen sollte. Wenn wir diese Brücke hinter uns gelassen haben, werden wir eine andere Welt betreten.«

Auf dem anderen Ufer stand ein großes Holzschild.

»K-E-R-N-O-W«, buchstabierte Margret langsam.

»Kernow … ja, das alte cornische Wort für Cornwall. Du wirst hier viele Menschen finden, Margret, die noch die alte Sprache sprechen.«

Und wirklich – mit dem Überschreiten des Tamars ließen sie England und sein schönes Sommerwetter tatsächlich hinter sich. Am nächsten Tag begann es zu regnen, und ein kalter Wind zog auf. Die Wolken schienen die Hügel des nahe gelegenen Moors zu berühren, und es konnte Margret auch nicht trösten, dass Otis aufgeregt auf diese Nebelwand deutete und rief:

»Dort! Dort, sieh, da liegt Pendellion House!«

Margret sah nichts, nur Regen und Nebel, und sie fror entsetzlich in ihren nassen Kleidern. Ein heißes Bad würde ihr jetzt gut tun. Die langen Locken hingen ihr strähnig ins Gesicht, und nach einem Blick auf Otis stellte sie fest, dass ihr Mann auch nicht viel besser aussah. Die lange Reise hatte ihren Tribut gefordert.

»Sollen wir so deinem Bruder entgegentreten?«, fragte Margret und blickte an sich hinunter.

»Nein, du hast Recht. Ich glaube, wir sollten in St. Neot für die Nacht einkehren und uns ein wenig erholen. Die Herberge *The London Inn* ist gut, ich kenne den Wirt von früher. Das heißt, wenn er und seine Familie noch dort leben.«

Otis hatte Recht gehabt. Gegen Mittag erreichten sie das Dorf St. Neot. Niedrige, gepflegte Häuser duckten sich im Schatten einer mächtigen, auf einem Hügel stehenden Kirche. Unmittelbar neben dem Kirchentor lag das London Inn, ein weiß getünchtes Gasthaus mit niedriger Balkendecke und zwei rußgeschwärzten Kaminen.

Tatsächlich hatte der Wirt inzwischen gewechselt, aber der rotgesichtige, dicke Mann, der ihnen ihr Zimmer zeigte, war freundlich und zuvorkommend. Auch wenn Margret und Otis wie zwei Landstreicher aussahen, hatte der Wirt sofort unter Otis' Wams mit Kennerblick den prall gefüllten Lederbeutel entdeckt und präsentierte ihnen sein bestes Zimmer. Es ähnelte sehr dem Raum, den sie lange Jahre in London im Arthur's Arms bewohnt hatten. In Margret regte sich Wehmut. Der Abschied von Hump und Sally war ihnen beiden schwer gefallen. Und obwohl sie London vor über drei Wochen verlassen hatten, dachte Margret jeden Tag an ihre treuen Freunde, und sie hoffte von ganzem Herzen, dass es den beiden gut ging und sie sie vielleicht ... eines Tages ... wiedersehen würde.

»Ich nehme das Pferd und reite nach Liskeard«, sagte Otis. »Dort will ich versuchen, neue Kleidung für uns zu kaufen. Gegen Abend werde ich zurück sein, ja?«

Margret nickte zustimmend und sah vom Fenster des Zimmers ihrem Mann nach. Der Regen hatte endlich aufgehört, und erste zaghafte Sonnenstrahlen versuchten die Wolkendecke zu durchbrechen. Doch das Schmuddelwetter hatte die Wege in beinahe unpassierbare Schlammpfade verwandelt.

Margret seufzte tief. Drei Tage war sie nun schon in Cornwall, und mit jedem Tag hatte sie bei Otis die Liebe zu diesem rauen, herben Land mehr bemerkt, doch sie selbst konnte seine Gefühle nicht teilen. Cornwall war für sie kalt, nass und grau. Nun, das würde sich vielleicht ändern, wenn die Sonne schien und die Vögel in den Bäumen sangen. Kurz entschlossen nahm Margret ihren Umhang und beschloss, einige Schritte durch das Dorf zu gehen. Sofort sank sie knöcheltief im Straßenschmutz ein.

St. Neot war nicht groß, und so erreichte Margret nach kurzer Zeit das freie Moor, sanfte Hügel und dorniges Gestrüpp — so weit das Auge reichte. Die Luft roch würzig nach Torf. Der Boden war weich und federte bei jedem Schritt unter Margrets Füßen. Das Moos hatte den Regen vollständig aufgesogen, sodass sie trockenen Fußes darüber gehen konnte. Vereinzelt erkannte sie blubbernde Schlammlöcher, um die sie einen großen Bogen machte. So etwas hatte es in den Cotswolds nicht gegeben, das Moor war unheimlich und faszinierend zugleich …

Irgendwo hier in der Nähe musste Pendellion House liegen, und Margret begann erneut, über Otis' Bruder Leonard zu sinnieren. Derart in Gedanken vertieft übersah sie den heranziehenden Nebel. Plötzlich fand sie sich allein in einer weißen, wallenden Hülle und konnte den Weg, auf dem sie gekommen war, nicht mehr erkennen. Voller Panik drehte sie sich im Kreis und lief dann in eine Richtung, die sie für die richtige hielt. Es schien ihr, als hätten sich die gefährlichen Schlammlöcher auf einmal vermehrt und blubberten rings um sie herum. Laut rief sie um Hilfe. Der Nebel drang durch ihre Kleidung und ließ Margret erzittern. Oder war es die Angst?

»Nur keine Panik«, versuchte sie sich zu beruhigen, »du bist nicht lange gegangen, also kann das Dorf nicht weit entfernt sein.«

Dennoch erschien es Margret wie ein Wunder, als sie plötzlich Pferdehufe hörte und die Umrisse eines Reiters im Nebel auftauchten.

»Otis!«, flüsterte sie und starrte der Gestalt entgegen.

»Na, wen haben wir denn da? Hast du um Hilfe gerufen?« Rasch war der Reiter bei Margret und glitt elegant aus dem Sattel.

»Ich habe mich im Nebel verirrt«, sagte Margret.

»Würdet Ihr mich bitte nach St. Neot zurückbegleiten?«

Der Fremde, ein Hüne von Mann, sah auf Margret herunter.

»Und was, Kleine, ist dein Lohn für meine Hilfe?«, fragte er anzüglich.

»Ich ... ich verstehe Euch nicht?«

Er streckte eine Hand aus und ergriff, obwohl Margret erschreckt zurückwich, eine Strähne ihres offenen Haares.

»Du bist zwar etwas schmutzig, aber das soll mich nicht stören. Ich glaube, du könntest ganz reizvoll sein.«

»Sir, ich bitte Euch, bringt mich ins Dorf zurück!«, bat Margret, den Tränen nahe. War sie hier etwa einem cornischen Wegelagerer in die Hände gefallen? »Ich flehe Euch an, Sir, bei Gott!« Nun liefen ihr tatsächlich Tränen die Wangen hinab, und vielleicht rührten sie das Herz des Fremden.

»Komm, steig auf, es ist kein weiter Ritt.«

Mit kräftiger Hand hob er sie vor sich auf den Sattel und ritt dann in leichtem Galopp davon. Margret zitterte vor Angst bei dem Gedanken, wohin der Mann sie nun bringen würde. Aber ihre Bedenken waren ungerechtfertigt. Nach nur wenigen Minuten erreichten sie das Dorf, und der Fremde ließ Margret vor der Herberge aus dem Sattel gleiten.

»Wir sehen uns wieder, meine Kleine«, rief er Margret zu, hieb seinem Pferd die Sporen in die Seite und stob davon.

Benommen betrat Margret die Herberge, wo sie bereits von Otis erwartet wurde.

»Wo warst du? Ich habe mir Sorgen gemacht!«

Margret strich sich die nassen Haare aus dem Gesicht.

»Ich hatte mich im Nebel im Moor verirrt. Ein Herr war so freundlich, mich wieder ins Dorf zu bringen.« Margret hatte plötzlich keine Lust, Otis etwas über den Fremden zu erzählen. Zu unwirklich erschien ihr das Erlebnis. Wer weiß, vielleicht hatten ihr auch die Moorgeister, von denen Otis ihr so oft erzählt hatte, einen Streich gespielt.

»Komm, Margret, sieh dein neues Kleid an!«

Während eine mürrisch blickende Magd in großen Kübeln heißes Wasser für das Bad in ihr Zimmer schleppte, bewunderte Margret Otis' Einkäufe. Behutsam glitten ihre Finger über den seidigen, grünen Stoff.

»Ich hoffe, es passt dir, aber du bist ja geschickt mit der Nadel, gegebenenfalls kannst du es auf deine Größe ändern«, sagte Otis und prüfte die Wärme des Badewassers. »Übrigens – ich habe vorhin mit dem Pfarrer gesprochen. Mein Vater ist vor zwei Wochen gestorben. Ich bin jetzt tatsächlich der Herr von Pendellion House. Der Pfarrer sagte, mein Bruder sei außer sich vor Wut.«

Otis sagte es beiläufig, fast so, als hätte es keine Bedeutung für ihn.

»Das tut mir Leid«, murmelte Margret, unfähig, die richtigen Worte zu finden. Doch Otis winkte mit einer Handbewegung ab.

»Ich werde beim Wirt ein opulentes Mahl bestellen, Margret. Komm dann herunter, wenn du fertig bist, ja?«

Wohlig ließ sich Margret wenig später in das heiße Wasser gleiten. Endlich konnte sie den Schmutz und die Anstrengungen der letzten Wochen abspülen. Seltsam, dass ihre Gedanken immer wieder zu der Begegnung am Nachmittag zurückkehrten. Wer war der Fremde gewesen? Und warum hatte er sie plötzlich so bereitwillig ins Dorf zurückgebracht? Hatten ihn ihre Tränen gerührt? Margret konnte es sich kaum vorstellen, denn der Mann hatte einen harten und rücksichtslosen Eindruck auf sie gemacht. Doch – das musste sie sich eingestehen – es war nicht unangenehm gewesen, vor ihm auf dem Pferd zu sitzen und seinen starken Körper an ihrem Rücken zu spüren.

Sorgfältig trocknete Margret ihr Haar, bis es in großen Locken auf ihre Hüften fiel. Das neue, grüne Kleid stand ihr ausgezeichnet, es hatte den gleichen Farbton wie ihre Augen. Zwar war das Mieder etwas eng, sodass ihr Busen zusammengedrückt wurde und sie es bedauerte, kein Tuch zu haben, um ihr Dekolletee zu verhüllen. Da sie sich aber heute Abend allein mit Otis in der Herberge wähnte, kümmerte es sie nicht weiter, und Margret stieg die steile Stiege in den Gastraum hinunter.

Der Wirt begrüßte sie mit einer Verbeugung.

»Euer Gatte wollte noch einmal nach dem Pferd sehen, Lady Pendellion. Das Essen wird in wenigen Minuten serviert, ich habe köstliches Fleisch für Euch und frisch gebackenes, knuspriges Brot.«

Margret dankte mit einer Kopfbewegung und nahm an einem der Tische in der Nähe des Kamins Platz. Sie fröstelte. Dieses Cornwall schien ein kaltes Land zu sein. Plötzlich wurde polternd die Tür aufgestoßen.

»He Wirt, einen großen Krug Bier. Ein Sauwetter ist das draußen!«

Der Mann ging zum Kamin und blieb breitbeinig davor stehen. Über den Flammen rieb er sich die Hände und atmete tief ein und aus.

Zu ihrem grenzenlosen Erschrecken erkannte Margret den Fremden vom Nachmittag. Am liebsten wäre sie aufgestanden und auf ihr Zimmer gelaufen, doch ihre Beine waren wie gelähmt. Und da hatte der Mann sie auch schon entdeckt.

»Sieh einer an! Da hat sich mein Ritt tatsächlich gelohnt. Du bist noch hier! Weißt du eigentlich, Kleine, dass ich meinen Gaul extra wegen dir durch diese schreckliche Nacht hierher getrieben habe?«

Margret rückte auf der Bank ängstlich in die hinterste Ecke. Wann kam Otis bloß?

»Nein, das weißt du nicht? Oh, da bin ich mir aber nicht so sicher. Oder für wen sonst hast du dich so hübsch gemacht? Hab's doch gleich gewusst, dass ich heute Nachmittag im Moor eine kleine Schönheit aufgelesen habe. Na komm, Kleine, lass mich dir den Abend vertreiben! Du wirst es nicht bereuen, das verspreche ich dir!«

»Mein Mann muss jeden Augenblick kommen«, gelang es Margret endlich mit piepsender Stimme zu sagen. »Er ist im Stall draußen.«

»Dein Mann!«, lachte der Fremde laut auf. »Die Lady ist verheiratet. Das hätte ich mir denken können, so etwas Niedliches geht nicht alleine durch diese grausame Welt.« Er beugte sich vor und sah Margret tief in die Augen. Dabei stützte er seine kräftigen Hände auf den Tisch, und Margret konnte gepflegte und saubere Fingernägel erkennen. Sein Blick bohrte sich in den ihrigen. Noch nie zuvor hatte Magret solch blaue Augen gesehen – blau wie ein Sommermorgen in den Hügeln der Cotswolds. »Kleine, wer ist denn der Glückliche, der sich dein Ehemann nennen darf?«

Gewaltsam riss sich Margret von seinem Blick los und erkannte zu ihrer großen Erleichterung, dass Otis die

Schänke betrat. Dieser erfasste sofort die Situation und trat den beiden mit gerunzelter Stirn entgegen.

»Das ist mein Mann!«, rief Margret triumphierend. »Sir Otis Pendellion von Pendellion House!«

Der Fremde starrte eine Sekunde fassungslos von Otis zu Margret und wieder zurück, dann begann er laut zu lachen. Nein, das war kein Lachen mehr, er brüllte regelrecht, und Tränen liefen ihm aus den Augen.

»Das ist dein *Ehemann*?«, fragte er mehrmals hintereinander verwundert. »Mit diesem Menschen ist wirklich eine Frau wie du verheiratet? Ich glaub' es einfach nicht!« Mit der Faust hieb er donnernd auf den Tisch, schüttelte den Kopf und wiederholte: »Ich glaub' es einfach nicht!« Dann nahm er seinen Krug Bier und verließ, immer noch lachend, den Raum.

»Hat er dich belästigt?«, fragte Otis besorgt und setzte sich zu seiner Frau.

Margret winkte ab.

»Er hat mir eher Angst gemacht, aber sag, Otis, wer ist dieser Mann? Kennst du ihn etwa?«

Otis lachte bitter auf.

»Ob ich ihn kenne? Du fragst, ob ich diesen Mann kenne?« Otis fuhr sich mit beiden Händen durch die Haare. »Das ist einer unserer Nachbarn und zudem der beste Freund meines Bruders. Sein Name ist Lord Conan Trelawny. Wir sind zusammen aufgewachsen, und er weiß alles über mich.«

Kapitel 11

Der Wettergott hatte auch am nächsten Morgen kein Einsehen. Bei lastendem Nebel brachen Margret und Otis auf, die wenigen Meilen nach Pendellion Haus zurückzulegen. Margret hatte ihr neues, grünes Kleid angezogen, aber ihren alten Umhang umgelegt. So hoffte sie, den empfindlichen Stoff etwas vor der Feuchtigkeit zu schützen.

Otis war merklich aufgeregt. Seine Bewegungen wirkten fahrig, und er sprach mehr als sonst. Vom reichhaltigen Frühstück nahm er kaum etwas zu sich, derweil es sich Margret schmecken ließ. Sie trank sogar von dem starken, dunklen Bier, um die Aufregung ihrerseits etwas zu betäuben. Zudem hatte sie die letzte Nacht kaum ein Auge zugetan, immer wieder waren ihr Conan Trelawnys breites Grinsen und seine strahlenden Augen erschienen.

»Ein uraltes cornisches Adelsgeschlecht«, hatte Otis ihr erklärt. »Alle Männer aus dieser Sippe waren dafür bekannt, dass kein Rock vor ihnen sicher war. In der Umgebung von Liskeard, Looe und Fowey laufen mehr kleine Trelawnys herum, als die Familie Pferde im Stall hat. Auch Seine Lordschaft Conan macht da keine Ausnahme.«

Es ärgerte Margret maßlos, dass sie die Gedanken an diesen ungehobelten Kerl einfach nicht aus ihrem Kopf verbannen konnte. Viel wichtiger wäre es jetzt, sich für die Begegnung mit Otis' Bruder und dessen Frau zu wappnen.

»Das gehört schon alles zu Pendellion House«, riss Otis sie aus dem Grübeln. Sie fuhren mit dem Wagen durch einen engen Waldweg, der steil bergan führte. »Am Ende des Weges, dort auf dem Hügel vor uns – da liegt mein Zuhause!«

Margret hörte die Anspannung in seiner Stimme und drückte stumm die Hand ihres Mannes.

Nach wenigen Minuten kam eine graue Mauer mit einem Tor in Sicht, und Margret schrie entzückt auf. Die schmiedeeisernen Flügel standen weit offen und ließen den Blick frei auf ein überschaubares, anheimelndes Herrenhaus.

Margret verliebte sich auf den ersten Blick in das Gebäude. Pendellion House war so anders als Snowhill Manor und auf keinen Fall mit Sudeley Castle zu vergleichen, dafür war es mit seinen zwei Stockwerken viel zu klein.

Sie passierten das Tor. Margret sah links und rechts der Einfahrt schmucke Blumenbeete, die trotz des Regens in voller Pracht blühten. Der ganze Garten war mit einer Mauer umgeben. Gegenüber dem Tor befanden sich links und rechts neben dem Haus die Wirtschaftsgebäude. Vor dem Hauptportal hielt Otis das Pferd an.

»Seltsam, niemand hat unsere Ankunft bemerkt«, murmelte er und stieg vom Wagen. Heftig pochte er an die dunkle, mit Eisenspitzen beschlagene Holztür. Margret folgte ihm langsam. Fasziniert schaute sie zu einem großen Fenster hinauf, das die gesamte linke Front neben dem Eingang einnahm. Otis hatte ihren Blick bemerkt.

»Die große Halle, der Stolz des Hauses, du wirst sie gleich von innen sehen. Die Halle ist das Prunkstück von Pendellion House. Warum macht denn niemand auf, verdammt!«

Endlich, nach einer Ewigkeit, wie es Margret schien, öffnete sich die Tür einen Spalt.

»Ihr wünscht?«, krächzte eine alte Stimme. »Die Herrschaften sind nicht zu Hause.«

»Walter?«, fragte Otis. »Walter? Bist du tatsächlich noch hier?«

Plötzlich wurde die Tür weit aufgerissen, und ein kleiner, alter Mann schloss Otis in seine dünnen Arme. »Sir Otis! O mein Gott, dass ich dies noch erleben darf! Ich danke dir! Ihr seid zurückgekehrt!«

Otis befreite sich sanft aus den Armen des braven Dieners.

»Walter, es ist schön, dich zu sehen. Du musst mir alles über meinen Vater erzählen. Du warst doch bei ihm – bis zum Schluss, oder?«

Walter nickte, ihm standen Tränen in den Augen, doch er schämte sich ihrer nicht.

»Ja, ich werde Euch alles berichten, Sir Pendellion.«

Otis nahm Walters Hand.

»Bitte, nenn mich weiter Otis und sag du. Du bist ein Teil meiner glücklichen Kindheit, lass ein Stück davon wieder aufleben, ja?«

Margret war die ganze Zeit verloren abseits gestanden, jetzt endlich erinnerte sich Otis wieder an sie. Er ergriff ihren Arm und zog sie zu sich heran.

»Walter, darf ich dir Lady Margret Pendellion vorstellen, meine Frau!«

Walter starrte Margret mit großen Augen an. »Deine ... was?«

Otis lachte.

»Du hast richtig gehört – meine Frau. Wir sind schon einige Jahre verheiratet. Aber das ist eine lange Geschichte, ich werde sie dir bald einmal erzählen. Jetzt möchte ich endlich mein Haus betreten.«

Die beiden Männer lachten, und Margret spürte eine spontane Zuneigung zu dem alten Diener, der sie nun einen Korridor entlangführte, an dessen Ende sie eine weitere Tür erkennen konnte. Die Wände waren mit Waffen geschmückt, an der einen Seite stand eine schwere Truhe aus massivem Eichenholz. Linker Hand ging es durch eine schmale Tür, und Margret zog laut die Luft ein. Sie standen in der großen Halle. Von Sudeley Castle war sie durchaus an prächtige Räume gewöhnt, aber diese Halle übertraf all ihre Erwartungen. Staunend blickte Margret sich um, und immer wieder blieb ihr Blick an der Fensterfront hängen. Sie erstreckte sich über die ganze Südseite der Halle und über die gesamte Höhe des Hauses. Später erfuhr sie, dass das Fenster aus genau 576 Scheiben bestand, jede ein anderes Motiv darstellend. Die gegenüberliegende Wand beherrschte ein großer Kamin, in dem ein anheimelndes Feuer brannte und der Margret an Snowhill Manor erinnerte. Vor den Flammen blieb sie stehen, um sich zu wärmen.

»Mein Bruder ist nicht zu Hause?«, fragte Otis den Diener.

»Nein, er ist mit seiner Frau bei Freunden, aber ich erwarte sie beide zum Abendessen zurück.«

»Wie ist sie, Walter? Ich meine Leonards Frau?«, fragte Otis stockend.

»Isabell?« Walter hob die Schultern und starrte ins Leere. »Das musst du selbst beurteilen, Otis. Lady Isabell hat spanisches Blut in den Adern, ihre Großmutter ist damals im Gefolge Katharinas von Aragon nach England gekommen.«

»Ist sie Katholikin?«, fragte Otis.

»Ich vermute es, aber ich mische mich nicht in die Angelegenheiten meiner Herrschaft ein. Folgt mir jetzt bitte.« Über ein schmales Treppenhaus führte er die beiden ins obere

Stockwerk und verharrte vor einer Tür. »Dein alter Raum, Otis?«, fragte er. »Ich fürchte, er wird nicht in Ordnung sein, aber ich werde sofort veranlassen, dass alles Nötige geschieht.«

Otis nickte zustimmend und betrat mit Margret das Zimmer. Erinnerungen drohten ihn zu überfluten. Es war alles noch so, wie er es vor Jahren verlassen hatte: das breite Bett mit den gedrechselten Pfosten und dem schweren, dunkelbraunen Himmel, die zwei Truhen unter dem Fenster, die Stühle an den Wänden. Wandteppiche verliehen dem Raum etwas Warmes, Gemütliches. Nur auf dem Holzboden waren keine frischen Binsen gestreut, doch Walter würde das sofort erledigen lassen.

»Es ist schön hier«, murmelte Margret und sah sich aufmerksam um. »Endlich ein eigenes, richtiges Heim!«

»Ich werde alles tun, damit du dich hier wohl fühlst, Margret, das verspreche ich dir!«, antwortete Otis mit feierlichem Unterton in der Stimme. »Pendellion House soll nun für immer unser Zuhause sein!«

Kurz vor dem Abendessen trafen Otis' Bruder Leonard und seine Frau Isabell ein. Aufgeregt betrat Margret an der Seite ihres Mannes die große Halle.

Mit ausgestreckten Armen ging Leonard auf seinen Bruder zu und umarmte ihn spontan.

»Otis, alter Junge, schön, dich wieder daheim zu haben!«

Distanziert erwiderte Otis die Umarmung. In all den Jahren hatte er gelernt, Leonard nicht zu trauen, und das würde sich so schnell nicht ändern.

»Walter hat uns schon von deiner entzückenden Frau berichtet«, sprach Leonard schnell weiter, um das Eis zu brechen. »Ich muss gestehen, wir waren über die Tatsache, dass du verheiratet bist, doch etwas überrascht! Margret, Schwester, lass mich dich herzlich in Pendellion House begrüßen!«

Margret reichte dem großen, schwarzhaarigen Mann ihre zitternde, kalte Hand, und er beugte sich elegant nieder, um einen angedeuteten Kuss darauf zu hauchen. Leonards Augen waren rehbraun, und Margret erkannte sofort den lauernden, stechenden Blick. Von Isabell wurden sie wesentlich kühler begrüßt. Margret musste zugeben, dass sie eine sehr schöne Frau war, groß und schlank gewachsen, mit Rundungen an den richtigen Stellen. Wie Leonard war auch sie dunkelhaarig, doch ihre Augen leuchteten in einem tiefen Schwarz. Auf Margret wirkten sie wie glühende Kohlen.

Während des Abendessens, das in der großen Halle serviert wurde, versuchte Leonard immer wieder, etwas über Otis' Jahre in London herauszufinden.

»Und wie habt ihr euch kennen gelernt?«, fragte er.

Otis warf seiner Frau einen schnellen Blick zu.

»Das ist eine lange Geschichte, Bruder. Wir werden sie euch eines Tages berichten. Erzähl mir lieber von Vater. Warum und wie starb er?«

Lord Pendellion sei schon viele Jahre leidend gewesen, berichtete Leonard. Oft habe er wochenlang sein Zimmer nicht mehr verlassen und habe sich nicht um die Belange des Gutes kümmern können, das sei allein seine Aufgabe gewesen.

»Schließlich wurde Vater immer schwächer, und eines Morgens lag er tot in seinem Bett. Ich glaube, es war eine Erlösung für ihn.«

»Aber warum war er krank? Hast du keinen Arzt zu Rate gezogen?«, fragte Otis.

»Doch, natürlich. Vielleicht war es einfach nur das Alter. Du brauchst dir darüber keine Gedanken mehr zu machen, schließlich hast du es jetzt gut getroffen, Otis. Trotz allem, was geschehen ist, hat Vater kein Testament hinterlassen, und du als Erstgeborener hast alles geerbt.« Margret war der lauernde, kalte Blick, den Leonard bei diesen Worten seiner Frau zugeworfen hatte, nicht entgangen.

»Habt ihr Kinder?«, fragte Isabell. Otis lächelte.

»Unser Sohn starb bereits nach wenigen Monaten, Gott hat es so gewollt, aber wir hoffen natürlich auf weiteren Nachwuchs, nicht wahr, Liebling?« Er sah zärtlich zu Margret hinüber, die sein Lächeln erwiderte. Otis hatte bestimmt einen triftigen Grund, seinem Bruder diese Lüge aufzutischen.

Das Essen verlief ab dem Moment schweigend, und alle zogen sich früh zurück.

Mit einem Ruck zog Leonard die Tür hinter sich zu und ließ sich schwer in einen Stuhl fallen.

»Ich glaube es einfach nicht! Er hat wirklich eine Frau, und sie hatten ein Kind! Dabei fühlte sich Otis immer nur zu Männern hingezogen.«

Isabell stellte sich neben ihn und kraulte seinen Nacken.

»Vielleicht hat er sich geändert? Er scheint mit dieser Margret sehr glücklich zu sein.«

»Wie findest du sie?« Isabell überlegte eine Weile.

»Sie ist attraktiv, ohne Frage, aber sie scheint mir schüchtern und unsicher. Wir müssen unbedingt mehr über sie herausfinden. Wo kommt sie her, wer sind ihre Eltern? Schließlich trägt sie jetzt den Titel einer Lady Pendellion!«

Hart umschloss Leonards Hand Isabells Arm.

»Den Titel, der dir eigentlich zustehen sollte, meinst du, oder?«

Isabell lachte. Es war ein böses, kehliges Lachen.

»Wer hat sich denn die ganzen Jahre um das Gut gekümmert? Wir! Und dann hat der Alte nicht einmal eine Anerkennung für uns übrig gehabt!«

»Vielleicht hat er doch etwas geahnt?«, fragte Leonard mit Zweifel in der Stimme. »Nicht umsonst hat er seinen Advokaten ausgeschickt, Otis zurückzuholen. Doch ich bin nicht bereit, auf mein Heim und Erbe zu verzichten, das schwöre ich!«

Leonard war aufgesprungen und lief wie ein gefangenes Tier im Zimmer umher.

»Wir müssen sie vernichten«, sagte Isabell trocken.

»Wie Vater?«

Isabell nickte grimmig.

»Wenn es sein muss.«

Margret hatte sich tief in ihre Decken gekuschelt, dennoch fror sie erbärmlich, da jetzt im Sommer kein Feuer im Kamin brannte. Auch Otis schien noch nicht zu schlafen.

»Ich mag sie nicht!«, stellte Margret fest und schmiegte sich an seinen warmen Körper.

Otis nickte zustimmend.

»Isabell erscheint mir kalt und berechnend, aber wir müssen abwarten, Margret. Schließlich wollen wir alle hier in Zukunft friedlich miteinander leben.«

»Warum hast du eigentlich erzählt, wir hätten ein Kind gehabt?«

Otis lachte in der Dunkelheit.

»Die beiden sollen nur glauben, dass wir eine ganz normale Ehe führen. Zudem schadet es nicht, wenn Leonard denkt, ich könnte jederzeit einen Erben und Nachfolger für das Gut in die Welt setzen, er war ja schon über unsere Heirat ziemlich entsetzt. Ich bin überzeugt, dass er und Isabell sich gerade jetzt über uns unterhalten.«

In dieser Nacht, der ersten in Pendellion House, lag Margret lange wach. Sie fürchtete, sich in dem Regen eine Erkältung zugezogen zu haben, und hoffte, dass es auch in Cornwall irgendwann liebliche Sommertage geben würde.

Die folgenden sechs Wochen verliefen in Ruhe und Frieden. Leonard und Isabell waren gleich bleibend freundlich und aufmerksam, und allmählich begann Margret wirklich zu glauben, in Isabell nicht nur eine Verwandte, sondern auch eine Freundin gefunden zu haben. Natürlich würde niemand die Freundschaft von Hump und Sally ersetzen können – ach, das *Arthur's Arms*! Wehmütig dachte Margret an London. Ihr fehlten die hektische Betriebsamkeit der Stadt, der tägliche Schwatz auf den Märkten und die Unterhaltung in der Schänke. Natürlich war die Luft hier im Moor besser, und Krankheiten verbreiteten sich nicht so schnell. Inzwischen hatte sogar die Sonne ein Einsehen mit Margret und ließ sich immer öfter blicken.

Isabell hatte Margret am zweiten Tag durchs Haus geführt. Gleich neben der großen Halle lag ein kleiner, holzgetäfelter Raum mit kostbaren Teppichen auf dem Boden. Das ganze Zimmer strahlte Gemütlichkeit aus.

»Der Salon ist das Schmuckstück von Pendellion House. Wir benutzen ihn eigentlich als Speisezimmer, besonders im

Winter, denn der Raum ist leichter zu heizen als die große Halle. Dort essen wir nur, wenn wir Gäste haben oder Feste veranstalten. Ich hoffe, es ist euch recht, wenn wir hier das Abendessen einnehmen.«

Besonders gefiel Margret die Musikantengalerie im ersten Stock. Sie lag direkt vor Otis' und ihrem Zimmer, und man konnte durch die dicken, massiven Steinpfeiler in die große Halle hinunterblicken. Hier spielten bei Festen die Musiker und wurden so von den Gästen nur gehört und nicht gesehen. Zudem, dachte Margret, konnte man, ohne selbst gesehen zu werden, die Leute in der Halle beobachten. Sie konnte nicht ahnen, dass diese Tatsache einmal lebensrettend für sie sein würde.

Ansonsten gab es noch ein paar Gästezimmer und kleinere Kabinette. Die Stallungen befanden sich auf der Ostseite des Gartens, die Küche und Wirtschaftsräume auf der Westseite. Hinter dem Haus entdeckte Margret zu ihrem Entzücken einen gepflegten Kräutergarten.

Pendellion House hatte knapp fünfzig Bedienstete, wobei Walter über alle die Oberaufsicht führte. Margret erhielt eine eigene Zofe mit Namen Kessy, ein einfaches, aber nettes Mädchen aus dem Dorf. Und langsam gewöhnte sie sich an das Leben als »Lady Pendellion«.

Otis hatte lange Gespräche mit Walter geführt, die das bestätigten, was Leonard ihm bereits berichtet hatte. Sein Vater war monatelang bettlägerig gewesen, dann von Tag zu Tag schwächer geworden und schließlich friedlich entschlafen.

»Er hat bis zum Schluss vermutet, dass Leonard seine Finger im Spiel hatte. Man kann Menschen etwas ins Essen mischen, sodass sie langsam, aber sicher daran zu Grunde gehen«, flüsterte Walter ihm zu.

»Gift?«, fragte Otis entsetzt.

Walter zuckte bedeutungsvoll die Schultern und schwieg.

Otis arbeitete sich rasch in die Führung des Gutes ein. Allein im Gedenken an seinen Vater wollte er es schaffen. Natürlich benötigte er die Hilfe seines Bruders, doch schien sich ihr Verhältnis zueinander gut anzulassen. Wie sollte er auch wissen, dass Leonard und seine Frau nur auf den richtigen Zeitpunkt warteten, ihn auszuschalten, um selbst wieder die Herrschaft in Pendellion House zu haben.

Kapitel 12

Der Herbst kam später nach Cornwall als in die anderen Landesteile. Noch Mitte September gab es schöne, warme Tage und romantische Sonnenuntergänge. Otis, mit sämtlichen Gutsangelegenheiten inzwischen zur Genüge vertraut, fand nun Zeit, Margret das Reiten beizubringen.

»Im Winter werden wir selten Schnee haben«, erklärte er, »aber es wird wie aus Kübeln regnen. Dann sind alle Wege und Pfade mit dem Wagen unpassierbar. Es ist unbedingt erforderlich, dass du eine gute Reiterin wirst.«

Schon bald hatte Margret die Scheu vor den großen Tieren überwunden, und sie liebte es, in schnellem Galopp übers Moor zu fliegen. Otis zeigte ihr die unzähligen Merkmale prähistorischer Besiedlung, die das Bodmin Moor durchzogen: außer den Hurlers auch den Cheesewring, eine Anhäufung riesiger, übereinander liegender Steine, die wie Käselaibe aussahen, sowie King Doniert's Grabstätte, ein inzwischen leeres Hünengrab.

»Das Moor war schon vor Tausenden von Jahren dicht besiedelt. Überall kann man hier auf Funde aus unserer Vorzeit stoßen.«

Einmal ritten sie einen ganzen Tag bis ins Tal des Flusses Tamar. Sanft geschwungene Hügel mit dichten Wäldern säumten das Ufer, wo das Wasser wild über moosbewachsene Steine sprudelte.

»Es ist schön hier«, sagte Margret aus vollem Herzen, viel schöner als im kargen Moor, dachte sie bei sich, sprach es aber nicht aus. Sie wusste, wie sehr Otis seine Heimat liebte.

»Nicht weit von hier liegt Boventon Castle«, erwähnte Otis beiläufig.

»Boventon Castle?«

»Ja, der Stammsitz der Trelawnys. Du erinnerst dich an Conan Trelawny?«

Conan Trelawny! Ein Schauer rann über Margrets Rücken. Wie könnte sie diesen Mann jemals vergessen! Oft, viel zu oft, musste sie an die blauen Augen und den spöttischen Mund denken.

»Wir müssen ihn aber nicht besuchen?«, fragte sie Otis und wusste eigentlich nicht genau, ob sie nicht gerade das wollte.

Otis schüttelte den Kopf und wendete sein Pferd.

»Nein, wir müssen wieder heimreiten, damit wir noch vor Einbruch der Dunkelheit das Haus erreichen. Aber irgendwann werden wir unsere Nachbarn zu einem Fest bitten müssen.«

Es war am letzten Tag im September. Margret hörte in ihrem Zimmer, dass ein Reiter in den Hof galoppierte, und als sie vom Fenster aus den Ankömmling erkannte, erschrak sie zutiefst: Lord Trelawny! Was konnte er hier wollen?

Sie eilte hinaus auf die Galerie, doch da hatte der Gast die große Halle schon betreten. Und noch jemand hatte seine Ankunft bemerkt. Margret spähte durch die Pfeiler der Galerie und sah, wie Isabell atemlos die Halle betrat.

»Conan! Welche Überraschung!« Isabell blickte rasch um sich und eilte dann auf Lord Trelawny zu. Margret glaubte ihren Augen nicht zu trauen, als sie sah, dass Conan seine Arme um ihre Schwägerin schloss und die beiden sich lange küssten. Das durfte doch nicht wahr sein! Sicher, sie hatte von den Eskapaden des Lords gehört, aber dass Isabell ... die Frau von Otis' Bruder ... Margret brachte es nicht fertig, ihren geheimen Platz auf der Galerie zu verlassen. Ihre Neugier siegte.

Lord Trelawny löste sich sanft von Isabell und fragte: »Dein Mann ist nicht im Haus?«

Isabell schüttelte den Kopf.

»Nein, nur diese dumme Pute von meiner Schwägerin. Aber ich glaube, sie hat sich hingelegt. Warum bist du gekommen, Con?« Isabell schenkte aus einem Krug starkes Bier ein und reichte Conan einen Becher. Dieser trank ihn hastig aus, der Ritt hatte ihn durstig gemacht. »Ich wollte es mir nicht nehmen lassen, die Einladung persönlich zu überbringen.«

»Einladung?«, fragte Isabell erstaunt.

»Ja, in zwei Wochen, am fünfzehnten Oktober, habe ich Geburtstag. Meine Frau und ich geben ein Fest und hoffen, halb Cornwall begrüßen zu dürfen. Natürlich dürft ihr nicht fehlen. Ach ja, die Einladung gilt auch für Otis und seine bezaubernde Frau.«

»Margret? Du kennst sie?«, fuhr Isabell auf.

»Ja, ich hatte das Vergnügen, sie einmal im Dorf zu sehen, eine interessante Frau, sehr reizvoll mit ihren roten Haaren.«

Isabell trat auf Conan zu und streichelte sein Gesicht. Dabei schnurrte sie wie eine Katze.

»Interessanter als ich, Con? Wilder und auch leidenschaftlicher?«

Brutal riss Conan sie in seine Arme und küsste sie.

»Und auch verheiratet, Isabell«, sagte er mit rauer Stimme. »Vielleicht ist es das, was sie so interessant macht. Also, ich erwarte euch in zwei Wochen auf Boventon Castle. Wenn es das Wetter zulässt, werden wir jagen, richte das Leonard bitte aus, ja? Und ... ach ja ... ich soll dir schöne Grüße von Clara, meiner Frau, ausrichten. Sie freut sich, dich wiederzusehen.«

Noch lange, nachdem Lord Trelawny gegangen war, saß Margret wie betäubt in ihrem Zimmer. Isabell und Conan! Conan und Isabell! So hämmerte es in ihrem Kopf. Nun, so abwegig war es doch gar nicht. Beide waren skrupellos! Ob Leonard etwas ahnte? Bestimmt nicht, er schien Margret nicht der Mann zu sein, der ein Verhältnis seiner Frau so einfach hinnehmen würde.

Und Otis – wie würde er reagieren, fragte sich Margret. Sicher, Otis hatte in London einige Freundschaften gehabt, aber hier in Cornwall lebten sie beinahe wie ein richtiges Ehepaar zusammen. Margret seufzte. Es könnte alles so schön sein, wenn Otis sie nur ein wenig wie eine Frau lieben könnte. Und wenn ich nicht dauernd an einen anderen Mann denken müsste, sagte eine leise Stimme tief in ihrem Inneren.

Am Morgen des vierzehnten Oktober brachen sie noch vor Sonnenaufgang auf. Das Gepäck für vier Tage war auf Packtiere geschnürt, und die Pferde schnaubten weiße Atemwolken in die bereits kalte Luft. Bei zügigem Ritt würden sie gegen Nachmittag Boventon Castle erreichen. Kessy, Margrets Zofe, begleitete sie und war schon ganz aufgeregt. Noch nie zuvor hatte sie das Dorf oder Pendellion House verlassen. Auch wenn es nur eine kurze Reise war, so bedeutete es doch Abwechslung für sie. Besorgt beobachtete Margret, wie Kessy immer wieder Blicke zu einem der Reitknechte hinüberwarf.

Sie war für das Mädchen verantwortlich und würde auf sie aufpassen müssen.

Sie kamen an diesem klaren, kühlen Morgen gut voran. Der kleine Trupp verließ das Dorf, passierte Liskeard und ritt auf einem recht guten Weg über St. Keyne und Duleo in Richtung Süden.

»Riechst du das Meer?«, fragte Otis aufgeregt. »Hier ... sieh Margret ... die Möwen! Boventon Castle liegt an den Ufern des Tamars, doch das Meer ist nicht weit entfernt!«

Bei Tredinnick verließen sie die Straße. Von da an führte ein schmaler Weg, mehr ein Trampelpfad, immer weiter abwärts. Grobe Steine am Rand markierten den Besitz, und Margret erkannte, dass sie sich bereits auf Lord Trelawnys Grund und Boden befanden. Dann kam die Burg in Sicht! Was für ein Gebäude! Mitten im Wald auf einer Lichtung lag die zinnenbewehrte Festung mit einem dicken, normannischen Turm. Vier massive Gebäude säumten einen kopfsteingepflasterten Innenhof, in dem die Gäste bereits erwartet wurden.

»Leonard! Isabell! Ich freue mich, euch zu sehen!« Eine dralle, kleine Frau kam aus dem Tor gelaufen. In ihrem pausbäckigen Gesicht glühten rot die Wangen, aus ihrer altmodischen Haube hatten sich die Haare gelöst, und Margret konnte deutlich graue Strähnen erkennen.

»Lady Clara Trelawny, Conans Frau«, raunte Otis ihr zu.

Das war seine Frau? Margret konnte es nicht fassen. Conan Trelawny sah aus wie ein leibhaftiger Ritter, der Artus-Sage entstiegen. Seine Frau hatte sich Margret als kleine, zierliche Prinzessin vorgestellt, scheu und schüchtern, unfähig, den Eskapaden ihres Gemahls Herr zu werden. Doch Clara vermittelte bei weitem nicht einen solchen Eindruck, zudem sah sie älter als Conan aus.

»Wie kommt der Lord zu solch einer Frau?«, murmelte Margret, ließ sich dann aber bereitwillig von Clara in die Arme ziehen und an ihren mächtigen Busen drücken. Von da an mochte sie Lady Trelawny, alles an ihr war so warm und weich, Margret fühlte sich sofort bei ihr geborgen. So müsste es bei einer Mutter sein, dachte sie wehmütig.

»Isabell, wie lange ist es her?«, fragte Clara mit ihrer tiefen, rauen Stimme.

»Beinahe sechs Monate, Clara«, antwortete diese lachend und erwiderte die Umarmung herzlich. Es war offensichtlich, dass die beiden Frauen Freundinnen waren, so verschieden sie auch schienen. Margret hatte sofort das Gefühl, dass es da etwas gab, was sie verband. Ach ja, natürlich, die Liebe zu Lord Trelawny – wie hatte sie das vergessen können!

Die Gäste wurden in die große Halle geführt. Auch diese nahm die gesamte Höhe des Hauses ein. Die gewölbte Holzdecke war ein Geflecht von Hunderten von Balken, die Margret an eine Kirche erinnerten. Von oben hingen schwere Messingleuchter herab, und das Licht Dutzender Kerzen spiegelte sich in den bunten Fensterscheiben. Die Wände waren mit Flaggen, Waffen und Rüstungen geschmückt, in der Mitte stand ein massiver, großer Eichentisch, der gewiss vierzig Leuten Platz bieten konnte. An den Seiten standen Holzbänke für die Dienerschaft, die Hausherren würden natürlich auf dem erhöhten Podest vor dem Kamin sitzen.

Ein Diener führte Otis und Margret quer durch die Halle einige Stufen hinauf, einen Gang nach links, dann erneut Stufen nach rechts und eine breite Wendeltreppe nach oben.

Oh, dachte Margret, den Weg zurück werde ich sicher nicht wieder finden.

»Wir befinden uns jetzt im Turm, Sir«, bemerkte der Diener. »Er ist der älteste Teil des Schlosses, erbaut durch Wilhelm den Eroberer. Lord Trelawnys Vorfahren, die damals noch Boventon hießen, haben dann das Haus erweitert.« Der Mann war sichtlich stolz, in diesem Haushalt dienen zu dürfen, und Margret konnte es verstehen. Natürlich war es hier nicht so prunkvoll wie in Sudeley Castle, aber dort hatte schließlich eine Königin gelebt, und nach dem ersten Eindruck hatte Margret durchaus das Gefühl, auch Lord Trelawny residierte hier wie ein König.

Der ihnen zugewiesene Raum war klein und gemütlich eingerichtet. Ein massives Bett mit dunkelroten Vorhängen nahm den meisten Platz ein. Im Kamin brannte ein heimeliges Feuer, und für Margret war eine Spiegelkommode neben das Fenster gerückt worden. Auch in diesem Zimmer lagen auf dem Boden feinste Teppiche statt der üblichen Binsen. Aus dem Fenster hatte man einen weiten Blick über die terrassenförmigen Gärten bis hinunter zum Fluss. In einer Ecke entdeckte Margret hinter einer Tür einen kleinen Abtritt. Entzückt schrie sie auf.

»Ich sehe, du bist begeistert«, sagte Otis trocken.

Margret nickte.

»Es ist alles sehr prunkvoll. Ein großer Besitz!«

»In der Tat«, bestätigte Otis. »Jetzt ruh dich ein wenig aus, ich sage Kessy Bescheid, dass sie dir ein Bad richten soll.«

Am ersten Abend sollte es nur ein einfaches Mahl geben, da die eigentliche Geburtstagsfeier erst für den nächsten Tag geplant war. Die Männer wollten schon früh auf die Jagd gehen, um für den Abend Wildbret zu besorgen.

Kessy frisierte Margret gerade, als laute Stimmen durch das geöffnete Fenster drangen.

»Heute Abend nicht, sagte ich! Wir haben Gäste.«

Deutlich konnte Margret Lord Conans Stimme erkennen. Sie klang sehr zornig. Obwohl es nicht sehr fein war, beugte sich Margret vorsichtig aus dem Fenster und spähte in den Garten hinunter. Isabell und Clara standen untergehakt da, Clara hatte offensichtlich etwas unter ihrem Umhang verborgen. Conan Trelawny, die Arme in die Hüften gestemmt, funkelte die Frauen böse an.

»Du weißt, Clara, dass ich mich nicht in eure Angelegenheit mische, auch wenn ich es nicht billige. Aber ihr müsst vorsichtig sein, wenn Fremde im Haus sind. Vielleicht hat Otis Verdacht geschöpft.«

Aufgeregt hielt Margret den Atem an und presste ihre Hand gegen den Mund. Als sie sah, dass Isabell und Clara durch den Garten zum Fluss hinuntergingen, zog sie sich wieder zurück.

»Was hatte das zu bedeuten, Mylady?«, fragte Kessy unschuldig. Margret zuckte die Schultern. »Ich weiß es nicht.«

Kessy fuhr fort, das rote Haar zu einer kunstvollen Frisur zu türmen, weil Margret auf das Tragen einer Haube verzichten wollte, doch diese hatte keinen Blick mehr für den Spiegel, immer dachte sie darüber nach, was eine Frau wie Clara mit einem Menschen wie Isabell gemeinsam haben könnte.

Beim Abendessen sah Margret Lord Trelawny wieder. Er verbeugte sich elegant vor ihr und blickte sie mit unverhohlener Bewunderung an.

»Ich bin erfreut, Euch in meinem bescheidenen Heim begrüßen zu dürfen«, sagte er mit charmantem Lächeln. »Ich darf Euch versichern, Ihr seht bezaubernd aus.«

Margrets Herz schlug heftig – vor Ärger, sagte sie sich, als sie beobachtete, dass Conan Isabell in einer Art begrüßte, als wollte er sie sofort hier und jetzt auskleiden. Obwohl seine Frau neben ihm saß, gab es für Conan Trelawny keinen Grund, nicht ungeniert mit allen anwesenden Frauen zu flirten. Als ein üppiges Schankmädchen ihm den Becher füllte, starrte er ihr unverhohlen in den Ausschnitt, und während er sein Fleisch schnitt, warf er glühende Blicke zu Isabell hinüber. Margret wurde es beinahe übel, sie konnte keinen Bissen hinunterbekommen.

»Ist dir nicht gut, Liebes?«, fragte Otis sie besorgt.

»Ich finde es einfach ekelhaft!«, rief Margret aufgebracht. »Bitte, Otis, ich möchte mich zurückziehen.«

Mit einem kurzen Knicks vor Lady Trelawny, nicht vor Conan, verließ Margret fast panisch die große Halle und stürmte in ihr Zimmer. Dort warf sie sich auf das Bett und weinte in die Kissen.

Was war nur los mit ihr? Sie war solch hemmungsloses Verhalten doch von den zahlreichen Freunden Sam Cardinghams gewohnt. Auch in Sudeley Castle oder in den Londoner Schänken ging es nicht schicklicher zu. Warum nur schnürte es ihr das Herz zu, wenn sie sah, wie Conan allen Frauen heiße Blicke zuwarf? Und warum zog es ihr warm durch den ganzen Körper, wenn er ihre Hand hielt oder ihr einen Blick schenkte? Ach, Margret wünschte sich, weit weg zu sein – in Pendellion House, nein, noch weiter fort – am liebsten in London!

Eigens für das Fest hatte Margret mit Isabell neue herrliche Kleider geschneidert. Isabell trug blutrot, eine Farbe, die ihr wunderbar zu dem schwarzen Haar und den glühenden

Augen stand. Margret war bei Grün geblieben. Das enge Mieder hob die Ansätze ihrer Brüste und brachte sie gut zur Geltung. Heute trug sie eine ebenfalls grün bezogene Sichelhaube und ließ das Haar in offenen Locken über den Rücken fallen. Selbst Isabell musste zugeben, dass Margret verführerisch schön aussah.

»Hoffentlich weiß Otis deine Schönheit zu schätzen«, sagte sie, und Margret hatte den spitzen Ton in ihrer Stimme durchaus bemerkt.

Den Männern war das Jagdglück hold gewesen, und so gab es nach köstlichen Vorspeisen aus gefüllten Wachteln, saftigen Hühnchen und gebratenen Neunaugen ein herzhaftes Wildbret von Hirsch und Reh. Zusätzlich waren Schafe und Schweine geschlachtet worden, sodass sich die Tafel unter all den Speisen bog. Zum Nachtisch brachte der Koch glasiertes Zuckerwerk, Mandelgebäck, Käse und Früchte herein. Außer starkem, dunklem Bier floss roter Wein in Strömen, und die Stimmung schlug hohe Wogen. Lautenspieler untermalten das Gelage, und Narren führten ihre Possen vor. Die Schellen an den Kappen klingelten, als die Zwerge hohe Sprünge und gewagte Pirouetten vor dem Publikum zeigten.

Nach dem Mahl wurden die Tische zur Seite geschoben, und die Musikanten spielten zum Tanz auf. Lord Conan eröffnete die Polonaise mit seiner Frau, wandte sich dann aber gleich Isabell zu. Elegant und sicher führte er die Damen an seinem Arm, bis er schließlich auch vor Margret stand. Die wäre am liebsten erneut fortgelaufen, doch nochmals wollte sie nicht so unhöflich sein. So legte sie ihre zitternde Hand auf seinen wattierten Ärmel und schritt würdevoll im Takt neben ihm her. Verstohlen musterte sie ihn. Sein dunkelbraunes Wams war an Ärmeln und Hose geschlitzt und mit Goldbrokat unterlegt. Auf seinem Haar saß ein gleichfarbiges Barett, dessen gelbe Feder bei jedem seiner Schritte auf und ab hüpfte. Conan Trelawny besaß schöne, ebenmäßige Waden, die durch die hellen Strümpfe gut zur Geltung kamen. Seiner eleganten, männlichen Ausstrahlung war sich Margret durchaus bewusst. Nur so war es zu erklären, dass es Conan gelang, sie langsam aus der Halle zu führen. Erst als Margret die kühle Abendluft spürte, erkannte sie, dass sie allein mit Conan im Hof stand. Erschrocken raffte sie ihre Röcke und wollte kehrtmachen, doch Conan hielt sie sanft am Arm zurück.

»Wartet, Mylady, bitte!« Seine Stimme klang sanft und eindringlich. Wie unter Zwang blieb Margret stehen und sah ihn an.

»Nun Mylord? Was habt ihr vor?«

Conan lächelte sie an.

»Meine Freunde nennen mich Con. Würdet Ihr mir auch die Ehre erweisen? Und darf ich Euch Margret nennen?«

Margret zog eine Augenbraue hoch.

»Ich wüsste nicht, aus welchen Grund«, antwortete sie kurz angebunden, doch ehe sie reagieren konnte, nahm Conan ihre Hand in die seine.

»Zuerst muss ich mich für mein schändliches Verhalten damals in der Schänke entschuldigen. Wie konnte ich ahnen, dass Ihr Lady Pendellion, die Frau meines alten Freundes Otis' seid.« Conan machte wirklich einen zerknirschten Eindruck, doch Margret war auf der Hut. »Und wenn ich eine Stallmagd gewesen wäre, hättet Ihr Euer Verhalten für richtig gehalten, Frauen sind für Euch Freiwild, habe ich Recht?«

Plötzlich fiel Conan vor Margret auf die Knie, hob die Hände und proklamierte:

»… ich habe gefehlt, ach, holde Maid,
ich sehe es ein – verzeiht!
Das Leuchten in Euren Augen – so rein und so klar,
Ihr seht mich ernsthaft zerknirscht – und das ist wahr!«

Margret konnte nicht verhindern, dass sie aus vollem Halse lachte. Conan hatte die Verse ernst und doch mit so viel Schalk in den Augen vorgetragen, dass sie nicht an sich halten konnte.

»Wo habt Ihr denn das geklaut?«

»Mylady, es kommt aus meiner tiefsten Seele, glaubt mir! Können wir nicht Freunde werden?«

»Freunde? So wie Ihr und Isabell?«

Margret sah sofort, dass diese Spitze gesessen hatte.

»Ihr wisst …?«, fragte Conan verunsichert.

Margret zuckte die Schultern, es sollte ihm den Eindruck vermitteln: Ja, ich weiß es, und es ist nur egal.

»Ich glaube, wir sollten wieder hineingehen. Es ist nicht schicklich, dass wir hier draußen stehen, oder? Aber Eurem Ruf kann man sowieso nicht mehr schaden, umso mehr dem meinigen.«

»Wartet!« Conan griff erneut nach Margrets Hand. Sein Gesicht war plötzlich ernst geworden. »Eins sollt Ihr wissen: Ich bin immer für Euch da, wenn Ihr einmal einen Freund braucht. Bitte, vergesst das nicht.«

Zuerst wollte Margret eine schnippische Antwort geben, sah aber, dass er es aufrichtig meinte. Fast gegen ihren Willen sagte sie: »Ich danke Euch und bin froh, Euch Con nennen zu dürfen.«

Erst gegen Morgengrauen löste sich die Tafel auf, und die Gäste zogen sich in ihre Zimmer zurück. Otis hatte eine Menge Wein getrunken und fiel, angezogen wie er war, sofort aufs Bett und begann zu schnarchen. Margret hingegen war viel zu aufgewühlt, um schlafen zu können. Sie stand am Fenster und schaute hinunter in den Garten. Die Luft war kalt, und die ersten Amseln begannen gerade mit ihrem Morgengesang. Auf einmal sah sie eine Gruppe Menschen, die sich, hastig umschauend, aus dem Haus schlichen und durch den Garten liefen wie am Tag zuvor Clara und Isabell. Margret war sich sicher, auch heute Isabells schwarzes Haar zu erkennen. Ohne lange zu überlegen, raffte Margret ihre Röcke und eilte aus dem Zimmer. Am Fuß der Wendeltreppe befand sich eine kleine Pforte, die direkt in den Garten führte. Margret hatte Glück. Als sie in den Garten schlüpfte, konnte sie noch zwei Leute sehen und ihnen problemlos folgen. Die Gruppe ging die Stufen am Taubenhaus vorbei hinunter und passierte den Rosengarten. Margret folgte ihnen durch eine Gartentür und stand nun auf einem breiten Pfad. Gerade konnte sie noch erkennen, wie der letzte eine kleine Kapelle betrat. Innen flammte der Schein einer Kerze auf.

Ein Gottesdienst! Um diese frühe Morgenstunde?

Margret presste eine Hand auf ihr pochendes Herz und wartete. Sie traute sich nicht, näher an die Kapelle heranzugehen und durch ein Fenster zu spähen. Rasch drehte sie sich um und rannte den steilen Weg zum Haus wieder hinauf. Schwer atmend lehnte sie sich in ihrem Zimmer von innen gegen die Tür, froh, Otis immer noch in tiefem Schlaf zu finden. Margret wusste, dass Boventon Castle eine schöne Kirche besaß, in der in wenigen Stunden der Gottesdienst abgehalten werden sollte. Warum trafen sich diese Leute zu so früher Morgenstunde in der Kapelle am Fluss? Margret schwirrte der Kopf. Sie war sich jedoch sicher, dass Lord Conan nicht unter den Personen gewesen war. Seine große, breite Gestalt hätte sie bestimmt erkannt.

Unruhig warf sich Margret auf dem Bett hin und her, sie konnte keinen Schlaf finden, bis Kessy wenige Stunden später heißes Wasser zum Waschen brachte.

Kapitel 13

Isabell bürstete ausgiebig ihr langes, schwarzes Haar.

»Was sollen wir jetzt machen, Leonard?«, fragte sie, ihre Stimme verriet deutlich Verärgerung. »Müssen wir nicht bald etwas unternehmen?«

Leonard ging unruhig im Zimmer auf und ab.

»Ja, du hast Recht«, schnaubte er, »mein Bruder nimmt mir immer mehr die Zügel aus der Hand, doch es ist auch mein Haus!« Leonard trat vor Isabell und schlug mit der Faust so stark auf die Frisierkommode, dass seine Frau vor Schreck die Bürste fallen ließ. »Mein Haus! Hörst du! Ich habe nicht meinen Vater ... na, du weißt schon, um jetzt als geduldeter Bruder hier zu leben!« Sein Gesicht war zornrot angelaufen.

Isabell trat zu ihrem Mann und legte ihm beruhigend die Hand auf die Schulter.

»Nein, das hast du nicht verdient. Wir müssen Otis und seine rothaarige Schlampe loswerden. Sollen wir es so machen wie bei deinem Vater?«

Leonard schüttelte den Kopf.

»Nein, das wäre zu auffällig. Es müsste mehr wie ein Unfall aussehen ...«

»Und was ist mit Margret?«, fragte Isabell mit lauerndem Blick. »Ich glaube, sie traut uns nicht. Seit wir bei Conan waren, beobachtet sie mich noch misstrauischer als vorher. Denkst du, sie weiß, dass Clara und ich ...?«

Leonard wandte ruckartig den Kopf.

»Woher sollte sie das? Wir waren doch immer vorsichtig. Wenn Margret etwas weiß, könnte das unser Untergang sein!«

»Um so mehr ein Grund, die beiden endlich loszuwerden«, bemerkte Isabell trocken, und Hass loderte aus ihren Augen.

Voller Sorge betrachtete Margret ihren Mann. »Du siehst müde aus«, sagte sie. Otis zuckte die Schultern.

»Ein Gut zu führen, ist viel Arbeit, aber keine Sorge, Margret, es geht mir gut. Ich glaube, auch Leonard hat sich inzwischen damit abgefunden, dass ich der Erbe und Herr von Pendellion House bin. Gerade in letzter Zeit ist er äußerst hilfsbereit und begleitet mich täglich zu den Pächtern.«

»Ich traue ihm nicht! Ihm und seiner spanischen Frau«, sagte Margret aufgebracht. »Natürlich – Isabell ist immer nett und freundlich zu mir, aber die Vorgänge in Boventon Castle lassen mir keine Ruhe.«

Margret hatte Otis davon erzählt, und dieser war sehr nachdenklich geworden.

»Margret, es ist besser, du vergisst die Sache. Ich möchte da in nichts hineingezogen werden.«

»Otis, du weißt, warum sich die Leute in der Kapelle getroffen haben?«

»Vielleicht, aber es ist besser, wenn wir sie tun lassen, was sie für richtig halten. Ich hätte nur nie gedacht, dass auch Leonard, mein Bruder …« Er brach ab, und Margret konnte nichts weiter von ihm erfahren. Doch sie war fest entschlossen, diesem Geheimnis auf die Spur zu kommen.

Wenig später verabschiedete sich Otis von Margret mit einem leichten Kuss auf die Stirn.

»Gib auf dich Acht. Ich werde heute spät zurückkommen, denn ich habe einiges mit einem Verwalter in Lostwithiel zu besprechen. Es ist ein weiter Weg.«

Margret sah Otis nach, wie er vom Hof ritt, und eine tiefe Einsamkeit überfiel sie. Sie wünschte sich so sehr in London zu sein, bei ihren Freunden und dem Leben und Trubel der Stadt. Stattdessen war um sie herum nichts als kalter, feuchter Novembernebel.

»Ich hasse dieses Moor!«, murmelte Margret und machte sich mürrisch an eine Flickarbeit.

Als Otis zum Abendessen noch nicht zurück war, machte sich Margret keine Gedanken. Leonard und Isabell löffelten schweigsam ihre Suppe, daher begab sich Margret früh in ihr Zimmer.

Wahrscheinlich übernachtet Otis in Lostwithiel, dachte sie. Es wäre unverantwortlich, bei dem Wetter durch die Dunkelheit zu reiten. Sie rollte sich in die Decken ein, aber trotzdem wurde ihr nicht warm. Seufzend stand sie noch einmal auf, um mehr Holz aufs Feuer zu legen, doch es war feucht, und sofort quoll dicker Qualm in den Raum.

»Verdammt!«, schimpfte Margret und brach in Tränen aus. Sie ließ den Holzscheit fallen und setzte sich vor den Kamin. Einige Minuten weinte sie hemmungslos, dann schnäuzte sie sich energisch die Nase und sagte laut zu sich selbst: »Dummes Selbstmitleid! Das ist nur dieser triste November!«

Dennoch konnte Margret nicht verhindern, dass sie sich in den Schlaf weinte.

Als Otis auch am folgenden Tag nicht erschien, begann Margret sich ernsthaft Sorgen zu machen. Sie sprach mit Leonard über ihre Bedenken, doch der erwiderte nur:

»Bin ich der Hüter meines Bruders?«

Eine weitere Nacht verbrachte Margret in Unruhe. Sie dachte sogar daran, selbst nach Lostwithiel zu reiten, wusste aber, dass sie diese Strecke niemals allein schaffen würde. Zudem hatte Margret keine Ahnung, wen Otis dort treffen wollte.

Der folgende Tag, der zweite seit Otis' Verschwinden, verging in eintönigem Allerlei, und noch immer lag der Nebel über dem Moor. Dann, gegen Abend, kamen sie.

Margret sah sie vom Fenster aus. Ein Trupp Männer, groß und stark, mit Pechfackeln in den Händen. In ihrer Mitte trugen sie eine Bahre.

Als sie Otis' Leichnam in die große Halle legten, brach Margret neben ihm zusammen.

»Was ... wo ... wann ... warum ...?«, stammelte sie, unfähig, das Schreckliche zu erfassen.

Isabell trat zu ihr und nahm sie liebevoll in die Arme. Gut, dass Margret das triumphierende Blitzen in den Augen ihrer Schwägerin nicht sehen konnte. Einer der Männer, Pächter eines nahen Gutes, berichtete:

»Meine Söhne und ich fanden den Herrn heute Nachmittag. Es sieht so aus, als wäre er in die Schlucht gestürzt. Vielleicht hat sein Pferd gescheut. Wir fanden es nirgends.«

Immer wieder streichelte Margret die kalten Wangen ihres Mannes. Sie konnte es einfach nicht begreifen. »Otis! Nein, lass mich doch hier nicht allein!« Sie umklammerte den Toten, und nur mit Mühe konnten Isabell und Kessy sie schließlich in ihr Zimmer bringen. Isabell reichte ihr einen Becher.

»Trink dies, Margret. Dann wirst du schnell einschlafen. Es ist so furchtbar, was geschehen ist.«

Margret drückte dankbar die Hand der Frau, der sie immer misstraut hatte. Scham bemächtigte sich ihrer.

»Danke, Isabell, du bist so freundlich! Ich muss … ich meine … ich habe dir immer …«

Isabell streichelte Margrets Hände.

»Sscht! Du musst jetzt schlafen! Ich sehe morgen wieder nach dir, ja?«

Margret nickte und merkte, wie sich unendliche Müdigkeit in ihr ausbreitete. Vielleicht, dachte sie noch, wache ich morgen auf, und Otis liegt neben mir, und alles war nur ein böser Traum.

Leonard erwartete Isabell auf dem Gang.

»Na, und?«, fragte er.

»Sie schläft jetzt. Ich glaube, wir werden leichtes Spiel mit ihr haben. Leonard Pendellion – wie fühlt man sich als Herr von Pendellion House?«

Leonard warf die Arme in die Luft und lachte. »Großartig, Isabell! Einfach großartig!«

Die grausame Gewissheit traf Margret wie ein Keulenschlag, als sie am nächsten Morgen erwachte. Otis war tot! Sie hatte seine Leiche gesehen, sie berührt. Auch wenn Margrets und Otis' Beziehung keine Ehe im üblichen Sinn gewesen war, hatte sich Margret an seiner Seite doch wohl und sicher gefühlt. Er hatte ihr das Leben gerettet, selbstlos, ohne an die Folgen zu denken. Sie hatten zusammen schwere Zeiten durchlebt, aber auch viel Spaß miteinander gehabt. Otis hatte sie hierher nach Cornwall gebracht, und Margret hatte zum ersten Mal das Gefühl bekommen, ein eigenes Heim zu besitzen. Auch wenn sie diesen Landstrich nicht so lieben gelernt hatte, wie ihr Mann ihn liebte, so hatte Margret hier doch ein Gefühl der Geborgenheit empfunden. Und jetzt war das alles vorbei! Nach wenigen Minuten betrat Isabell das Zimmer.

»Wie geht es dir?«, fragte sie teilnahmsvoll und setzte sich auf Margrets Bett. »Hier, ich habe dir einen stärkenden Trank bereitet. Du brauchst jetzt viel Kraft.«

Margret mühte sich zu einem Lächeln und leerte den Becher mit der warmen, herzhaften Flüssigkeit in einem Zug. Augenblicke später überfiel sie wieder eine tiefe Müdigkeit.

Fast immer, wenn Margret erwachte, saß Isabell an ihrem Bett. Doch so richtig kam Margret nicht mehr in die Wirklichkeit zurück. Ihr schien es, als wäre der Nebel von draußen in den Raum gedrungen, als umgebe er sie wie eine Klammer. Isabell zwang sie, etwas zu essen und zu trinken, doch unmittelbar danach fiel sie erneut in tiefen Schlaf. Einmal fragte sie die Schwägerin: »Wann ist die Beerdigung? Ich muss doch aufstehen?« Mühsam versuchte sie, die Beine aus dem Bett zu schwingen, ein hoffnungsloses Unterfangen, denn die Gliedmaßen gehorchten ihr nicht mehr.

Beruhigend sprach Isabell auf sie ein: »Otis ist vor vier Tagen beigesetzt worden. Der Unfall liegt schon eine Woche zurück.«

»Eine Woche! Habe ich so lange geschlafen?«

Isabell nickte.

»Ja, es tut dir gut. Komm, Margret, trink dies und ruh dich aus.«

Und wieder versank um Margret der Tag, und sie fiel in die Dunkelheit. Irgendwo in ihrem Inneren spürte sie, dass hier etwas nicht stimmte, aber sie war zu schwach, um dagegen anzukämpfen.

Einmal fragte Margret schwach nach Kessy und Walter. Isabell teilte ihr kurz mit, dass beide das Haus verlassen hatten.

»Deine Zofe hatte eine Liebelei mit einem der Stallburschen. Wir haben sie entlassen. Und der alte Walter wollte nicht länger hier bleiben, er ist zu Verwandten in den Osten gegangen.«

Wie sollte Margret wissen, dass Leonard und Isabell beide treue Menschen einfach aus dem Haus geworfen hatten. Walter, der das langsame Sterben des alten Lord Pendellion miterlebt hatte, hatte angefangen, misstrauisch zu werden. Und Kessy bestand darauf, ihre Herrin selbst zu pflegen, was Isabell zu verhindern wusste.

»Wie lange noch?«, fragte Leonard beim Abendessen. Isabell zuckte die Schultern.

»Es darf nicht zu schnell gehen. Vielleicht zwei, drei Wochen. Dann wird jeder glauben, dass Margret aus Gram über den Tod ihres Mannes gestorben ist.«

»Und es wirkt?«, bemerkte Leonard zweifelnd.

»Ja, wie bei deinem Vater. Sie wird von Tag zu Tag schwächer. Bald haben wir das Haus wieder für uns allein!«

An einem Nachmittag fühlte sich Margret wach und klar wie schon lange nicht mehr. Krampfhaft überlegte sie, wie lange sie jetzt schon hier lag, doch sie hatte jegliches Zeitgefühl verloren. Ihr Kopf schmerzte, und sie hatte keine Kontrolle mehr über ihren Körper. Mit größter Anstrengung hob sie den rechten Arm. Diese an sich einfache Bewegung trieb Margret den Schweiß auf die Stirn, und sie holte erschöpft Atem. Sie hatte Hunger und wartete auf Isabell. Derweil versuchte Margret immer wieder, sich aufzurichten, und langsam, nach einer Ewigkeit, wie es ihr schien, gelang es ihr, die Beine aus dem Bett zu schwingen. Unsicher stand sie auf, um gleich darauf zu Boden zu fallen. Ihr Knie schmerzte, doch Margret gab nicht auf. Auf Händen und Füßen robbte sie zur Kommode und zog sich langsam hoch.

»Nein!«

Ein Aufschrei rang sich aus ihrer Kehle, als Margret ihr Spiegelbild sah. Die roten Haare hatten ihren Glanz verloren und hingen schmutzig und zerzaust um ein eingefallenes, bleiches Gesicht. Margrets grüne Augen wirkten unnatürlich groß und starr und waren von dunklen Ringen umgeben.

Margret klammerte sich an einen Stuhl und zitterte am ganzen Körper. Natürlich trauerte sie um Otis und war über seinen Tod erschüttert, doch gab es keinen Grund, so krank zu werden. Margret verspürte plötzlich brennenden Durst und schleppte sich mühsam zur Tür. Von dort waren es nur ein paar Schritte bis zur Galerie. An einen Steinpfosten geklammert, sank sie zu Boden.

Nur ein wenig ausruhen, dachte sie, nur ein paar Minuten.

Plötzlich wurde ihre Aufmerksamkeit von Stimmen, die aus der Halle kamen, geweckt. Langsam zog sie sich wieder hoch und spähte hinunter. Leonard und Isabell reichten einem Gast einen Becher Bier.

»Conan!«, wollte Margret rufen, doch ihre Stimme versagte, und heraus kam nur ein heiseres Flüstern, das von niemandem in der Halle bemerkt wurde. Umso besser hörte sie, was Conan mit lauter Stimme fragte:

»Wie geht es Margret? Ich wollte sie besuchen und ihr mein Beileid ausdrücken.«

Isabell und Leonard sahen sich an.

»Oh, Con, sie ist schwer krank und liegt zu Bett. Otis' Tod hat sie sehr erschüttert.«

Conan Trelawny lachte.

»War es am Ende doch die große Liebe? Nun, begleitet mich hinauf, ich werde Margret einen Krankenbesuch abstatten.«

Schnell griff Isabell nach Conans Arm.

»Nein, nein, das geht nicht! Sie ist wirklich schwer krank. Der Arzt befürchtet sogar eine ansteckende Krankheit. Zudem will Margret niemanden sehen. Nur ich darf zu ihr und sie pflegen.«

Laut pochte das Herz in Margrets Brust. Das war doch gar nicht wahr! Und was sollte das mit dem Arzt? Margret konnte sich nicht erinnern, jemals einen gesehen zu haben. Mühsam versuchte sie erneut, sich bemerkbar zu machen. Umsonst. Sie war zu schwach.

»Ich mache mir große Sorgen um Lady Pendellion«, sagte Conan. »Bitte, lasst mich nur einen Blick auf sie werfen!«

Doch Leonard blieb hart.

»Es ist auch in deinem Interesse, dass du dem Krankenzimmer fernbleibst. Meine Frau und ich hoffen sehr, dass wir keine Seuche im Haus haben. Ich glaube, es ist jetzt besser, wenn du gehst, Con. Und grüß Clara von uns, ja?«

Langsam schleppte sich Margret in ihr Zimmer zurück und sank ins Bett. Ihre Gedanken wirbelten wild durcheinander. Es war eindeutig, Isabell und Leonard logen. Aber

Lord Trelawny war tatsächlich gekommen, um nach ihr zu sehen!

»Oh Con«, flüsterte Margret schwach. Und mit tödlicher Gewissheit wusste sie, dass ihre Verwandten alles daran setzen würden, dass Conan sie niemals besuchen würde.

Es muss am Essen liegen, dachte Margret. Isabell muss nur etwas ins Essen getan haben. Walters Worte fielen ihr ein, der den Verdacht geäußert hatte, dass Lord Pendellion vergiftet worden sei. Margret war sich fast sicher, dass dasselbe auch mit ihr geplant war. Eine wahnsinnige Angst presste ihre Brust zusammen. Sie hatte nur eine Chance. Sie durfte ab sofort nichts mehr essen, nein, nicht einmal mehr das trinken, was Isabell ihr brachte. Auch wenn sie sehr schwach war, schaffte sie es, das Essen aus dem Fenster zu schütten, sodass der Eindruck entstand, sie habe es zu sich genommen. Gegen den Durst schöpfte sie Regenwasser, gut, dass es zwei Tage lang hintereinander regnete! Und wirklich, nach den zwei Tagen begann sie sich besser zu fühlen. Also hatte sie mit ihrer Vermutung Recht gehabt! Quälender Hunger nagte in ihren Eingeweiden, und Margret war sich im Klaren, dass sie so schnell wie möglich fliehen musste.

Doch wohin? Nach Launceston, wo der einzige Gerichtshof Cornwalls saß? Nein, das war zu weit, die Strecke würde sie niemals schaffen. Außerdem bezweifelte Margret, ob ihr jemand Glauben schenken würde. Es fielen ihr nur zwei Menschen ein, die sie in Cornwall kannte, und das waren Clara und Conan Trelawny. Nun, Clara war die Freundin von Isabell und Con ihr Geliebter. Bitter lachte Margret auf. Was hatte sie für eine Wahl? Sie musste es zumindest versuchen. Wenn sie in Pendellion House blieb, würde sie unweigerlich sterben.

In einer sternenklaren Nacht schlich Margret zu den Ställen. Gut, dass Isabell sie nicht eingeschlossen hatte, sie meinte wohl, Margret sei zum Aufstehen viel zu schwach. Gekonnt hatte sie Leonard und Isabell die Todkranke vorgespielt und mit Entsetzen die tiefe Befriedigung über ihren Zustand in den Augen der zwei erkannt. Schwach, aber doch mit dem Mut der Verzweiflung gestärkt, sattelte Margret eine Stute.

»Du musst mir jetzt helfen«, flüsterte sie dem Pferd zu. »Alleine finde ich den Weg nach Boventon Castle nicht, aber du wirst mich dorthin bringen, ja?«

Sie führte das Pferd am Zügel vom Hof, sich ängstlich umblickend, doch im Haus blieb alles ruhig und dunkel. Dann schwang sie sich auf den breiten Rücken der Stute und lenkte sie durch die Nacht.

Als der Morgen graute, erkannte Margret, dass sie den richtigen Weg gewählt hatte. Sie hatte das Ufer des Tamars erreicht, von hier war es nicht mehr weit nach Boventon Castle. Doch ihre schwachen Kräfte waren restlos erschöpft. Schemenhaft konnte Margret noch die grauen Mauern des Schlosses in der Dämmerung erkennen, dann begann es in ihrem Kopf zu summen, und die Zügel entglitten ihren Händen. Langsam rutschte sie vom Pferd und blieb bewusstlos im weichen Gras liegen.

Kapitel 14

»Sie kommt zu sich.« Clara schob die alte Frau zur Seite. »Du kannst jetzt gehen.«

Das Lächeln auf Claras Lippen war verzerrt, und in ihren Augen stand die nackte Angst. Sie würde erst wieder ruhig schlafen können, wenn die Hexe aus dem Haus war.

Ein Knecht hatte die halb tote Margret vor vier Tagen neben dem friedlich grasenden Pferd gefunden. Sie wurde in ein Gästezimmer des Schlosses gebracht, und Clara kümmerte sich um die Erschöpfte. Als hätte die Flucht Margrets letzte Kräfte aufgezehrt, schien sie mit jeder Stunde, die verging, dem Tod näher als dem Leben.

»Sie atmet kaum noch«, rief Clara und sah ihren Mann verzweifelt an. »Was ist nur mit ihr geschehen? Ich denke, wir sollten Isabell und Leonard informieren, dass Margret bei uns ist. Sie werden sich bestimmt sorgen.«

Conan Trelawny stand mit gerunzelter Stirn am Krankenbett.

»Ich glaube, das sollten wir nicht tun«, sagte er langsam. Clara sah ihn erstaunt und fragend an, und Con äußerte eine Vermutung, die er gleich zu Anfang gehabt hatte: »Ich habe den Eindruck, als wäre Lady Pendellion regelrecht zu uns geflüchtet. Wir sollten ihr Schutz gewähren. Mir kommt die Sache nicht ganz geheuer vor. Erst der Tod von Otis …«

»Aber wie können wir ihr helfen?«

»Ich werde Caillean holen, sie wird Margret helfen.«

»Nein!« Clara war so hastig aufgestanden, dass ihr Stuhl umgefallen war. Heftig schlug sie das Kreuz vor ihrer Brust. »Die Hexe kommt mir nicht ins Haus!«

Conan sah seine Frau kalt an.

»Du kannst ja beten, wenn du willst. Aber deine Gebete heilen keine Krankheit, was immer Margret auch fehlen mag. Caillean versteht sich auf die Kunst der Kräuter. Die *Hexe* – wie du sie nennst – hat auch dir das Leben gerettet, du solltest das nicht vergessen, Frau.« Damit drehte sich Con um, und zurück blieb eine verärgerte Clara.

Die uralte Caillean lebte in einer kleinen, windschiefen Hütte am Rande des Moors. Als Con ein kleiner Junge von fünf Jahren war, hatte er sich im Moor verlaufen. Bei heraufziehendem Nebel traf er auf Caillean und erschrak beinahe zu Tode. Die Frau war klein, kaum größer als er selbst, ihr Rücken gebeugt und das Gesicht so von Falten durchzogen, dass es aussah wie die Oberfläche des Meeres bei Sturm. Doch die Augen – schwarze, glänzende Punkte unter buschigen Brauen – waren klar und schienen Con auf den Grund seiner Seele zu blicken. Caillean nahm den ängstlichen Jungen mit in ihre Hütte, und das war der Beginn einer tiefen und andauernden Freundschaft. Nie sprach Caillean über ihr Alter oder wie sie ihre Kenntnisse erworben hatte. Sie verstand sich auf allerhand Kräuter und vermochte sogar Kranke zu heilen, die schon an der Schwelle zum Tode gestanden hatten. Sie verstand, Trost zu spenden und Menschen beizustehen, aber auch das Brauen von Liebeselixieren, und immer wieder suchten junge Mädchen ihren Rat. Doch viele nannten die weise Frau eine Hexe und mieden sie. Da sie aber unter dem Schutz von Lord Trelawny stand, kam es zu keinen Angriffen gegen sie.

Clara hatte Angst vor Caillean und ließ die Heilerin nicht mit Margret allein im Zimmer. Skeptisch beobachtete sie jeden Handgriff und jedes gemurmelte Wort. Sie war überzeugt, dass Caillean einen Zauber über Margret sprach. Endlich war die Untersuchung beendet. Caillean wandte sich an Conan.

»Gift«, sie spuckte das Wort regelrecht aus. »Diese Frau ist über längere Zeit langsam vergiftet worden. In drei, vier Tagen wäre sie gestorben.«

Con überraschte das eben Gehörte nicht sehr. Er hatte fast damit gerechnet.

»Wird sie wieder gesund, Caillean?«, fragte er besorgt. »Kannst du ihr helfen?«

Caillean wiegte langsam den Kopf von einer Seite zur anderen. Sie lächelte und ließ zwei schwarze Zahnstummel sehen.

»Ja, ja, Conan. Sehe da was in deinen Augen, was dort nicht sein sollte. Aber die Kleine wird es überleben. Braucht nur einige Wochen. Ich bleibe hier, bis sie überm Berg ist.«

Con drückte der Alten die Hand.

»Ich danke dir, Caillean. Man wird dir ein Lager richten.«

Clara bedachte ihren Mann mit einem bösen Blick. Sie wollte die Hexe nicht im Haus haben, aber Lord Trelawny war der Herr und hatte zu bestimmen.

Drei Wochen später konnte Margret zum ersten Mal aufstehen. Caillean verließ Boventon Castle, und Clara übernahm die weitere Pflege. Lady Trelawny war entsetzt gewesen, als Margret Cailleans Vermutung, dass sie vergiftet worden war, bestätigte.

»Und ich bin überzeugt, dass Leonard und Isabell Otis umgebracht haben. Wahrscheinlich haben sie auch seinen Vater auf dem Gewissen.«

Clara, die immer an das Gute im Menschen glaubte, konnte es nicht fassen, doch für Con war es nicht überraschend. Margret griff nach Claras Hand und sagte mit Tränen in den Augen:

»Ich bin Euch so dankbar! Ich habe nicht gewusst, wohin ich mich wenden sollte. Aber Ihr habt mich aufgenommen und mein Leben gerettet. Wie soll ich Euch das jemals vergelten?«

Clara nahm die Jüngere in die Arme. Ihre Gefühle waren gespalten. Auf der einen Seite mochte sie Margret und wollte ihr Glauben schenken, aber dass ihre Freundin Isabell eine Mörderin sein sollte – diese Anschuldigung fand sie dann doch zu ungeheuerlich.

Während sie so krank daniederlag, hatte Margret Conan kaum zu Gesicht bekommen. Und doch dachte sie, wenn sie so vor sich hindöste, immer wieder an ihn: an ihre erste Begegnung im Moor und wie wütend sie damals auf diesen Mann gewesen war. Jetzt lag sie in seinem Haus, und allein das machte sie glücklich. Er war ganz anders als Otis – nicht aufmerksam, rücksichtsvoll und sanft, sondern ein Mann, der wusste, was er wollte, und es auch bekam. Vielleicht war er nicht besser als Leonard, ja, Margret konnte sich durchaus vorstellen, dass auch Conan über Leichen gehen würde, um sein Ziel zu erreichen. Seltsam, dachte sie, warum schreckt mich das nicht ab? Margret konnte es sich nicht erklären, dass ihr jedes Mal, wenn Clara seinen Namen erwähnte, ein Schauer über den Rücken lief.

Am ersten Tag, als Margret einen kleinen Spaziergang im Garten unternahm, traf sie Conan. Er hatte auf sie gewartet. Groß und breitschultrig eilte er Margret entgegen und nahm ihre Hände in die seinen.

»Margret! Endlich! Es freut mich, Euch wieder wohlauf zu sehen!«

Margret spürte, dass sie errötete. Verdammt, dachte sie, warum klopft mein Herz plötzlich so wild? Nur mit Mühe konnte sie sich seinem Blick entziehen.

»Ich danke Euch, Lord Trelawny«, sagte sie, wurde aber sogleich unterbrochen.

»Con! Habt Ihr es vergessen?«

Margret schüttelte den Kopf und lächelte.

»Nein, natürlich nicht. Also ... Con ... ich weiß gar nicht, wie ich Euch danken soll. Ohne Euch wäre ich wahrscheinlich nicht mehr an Leben.«

Cons Gesicht wurde ernst. »Das befürchte ich auch, Margret. Aber Ihr habt es aus eigener Kraft geschafft. Euch ist die Flucht gelungen. Eine bemerkenswerte Leistung. Ihr habt meine Bewunderung.«

Erstaunt sah Margret ihr Gegenüber an. Machte er sich etwa lustig über sie? Schwäche vortäuschend griff sie sich an den Kopf und sagte: »Ich habe mir wohl etwas zu viel zugemutet, Con. Es ist besser, wenn ich mich nun wieder zurückziehe.«

Conan deutete eine Verbeugung an, und Margret schlug den schmalen Weg in Richtung Haus ein, wissend, dass sein Blick ihr folgte. Sie hatte alle Mühe, langsam und ruhig zu gehen, denn ihre Knie zitterten wie Espenlaub.

In den folgenden Wochen erholte sich Margret körperlich zusehends, und sie hatte genügend Zeit, sich über ihre Zukunft Gedanken zu machen. Was sollte sie jetzt tun?

Wohin gehen? Wieder nach London? Zurück zu Sally und Hump? Vielleicht könnte sie wieder im Gasthaus arbeiten? Oder als Magd in einem Haushalt? Ach, in Margrets Kopf herrschte ein einziges Chaos. Zu viel war in ihrem Leben bisher geschehen. Sie sehnte sich nach einem Platz, wo sie in Sicherheit und Frieden leben konnte.

Beinahe jeden Nachmittag traf Margret bei ihrem Spaziergang im Garten auf Con. Sie musste sich eingestehen, dass sie sich auf diese Minuten freute. Der Mann übte eine seltsame Faszination auf sie aus. Sie fühlte sich von ihm zugleich angezogen und abgestoßen, zumal Margret in seinen Augen mehr als Freundschaft zu erkennen glaubte. Doch er war der Ehemann einer anderen, und dieser Frau hatte Margret sehr viel zu verdanken.

»Ich muss Euer Haus bald verlassen«, sagte Margret und drehte die Aster, die Con ihr geschenkt hatte, zwischen den Fingern.

»Warum?«

»Ich habe Eure Gastfreundschaft schon zu lange in Anspruch genommen. Ich bin wieder gesund und kann arbeiten. Außerdem möchte ich Cornwall und alles, was hier geschehen ist, vergessen.«

Con beugte sich vor, sodass sein Gesicht nur wenige Zentimeter von ihrem entfernt war.

»Alles?«, fragte er, und Margret starrte wie hypnotisiert in seine blauen Augen …

»Ich muss gehen«, flüsterte sie und wusste, dass sie alles wollte, nur nicht diesen Mann verlassen.

Statt einer Antwort legte Conan seine Arme um sie und zog sie an seine Brust. Durch den Stoff spürte sie seine Muskeln, und ihr Herz pochte so stark, dass sie meinte, er müsse es hören. Margret konnte sich nicht wehren, als Con sie küsste, und sie wollte es auch nicht. Seine Lippen waren hart, seine Hände fordernd.

Margret war, als verlöre sie den Boden unter den Füßen. Sie klammerte sich an ihn. Durch seinen Kuss nahm er ihr die Luft zum Atmen, doch Margret wollte gar nicht mehr atmen, sondern nur, dass er nicht aufhören würde, sie zu küssen, niemals wieder!

Nach einer Ewigkeit und doch einer viel zu kurzen Zeit, wie es Margret schien, ließ Conan sie los. So war sie noch nie geküsst worden, nein, eigentlich war sie überhaupt nie richtig geküsst worden!

»Willst du immer noch gehen?«, fragte Con, und ein spöttisches Lächeln umspielte seine Lippen.

»Jetzt wohl erst recht«, antwortete Margret und bemühte sich, ihre Stimme kühl klingen zu lassen. »Oder stellt Ihr Euch vor, dass *ich* jetzt die beste Freundin Eurer Frau werden soll – so wie Isabell?«

Erfreut sah Margret, dass dieser Seitenhieb gesessen hatte. Einen Augenblick wirkte Con etwas verwirrt, doch er hatte sich schnell wieder im Griff.

»Ich glaube, ich sollte dir einiges über mich erzählen. Komm«, er griff nach Margrets Hand, »lass uns zur Kapelle gehen.«

Dort angekommen, öffnete er die Tür, und sie betraten das kleine Gotteshaus. Die Einrichtung war schlicht, aber geschmackvoll.

»Schön«, sagte Margret und sah sich um.

»Weißt du, warum die Kapelle an dieser Stelle hier am Fluss steht?«, fragte Con. Margret verneinte, und er erzählte: »Vor beinahe hundert Jahren, während der Zeit der Rosenkriege, lebte in Boventon Castle mein Vorfahre Richard Trelawny. Er hatte ein sehr kämpferisches Naturell, aber das Pech, auf der falschen Seite zu stehen. Richard war ein Anhänger des Hauses Lancaster, also der Roten Rose. Nicht weit von hier entfernt kam es zu einer wichtigen Schlacht zwischen den beiden Häusern, und die Yorks gingen als eindeutige Sieger daraus hervor. Richard entkam, doch er wurde als Anführer der Truppe von den Soldaten verfolgt. Schließlich erreichte er hier diesen Punkt. Seine Verfolger hatten ihn beinahe eingeholt, sie kamen von allen Seiten, und vor Richard lag nur der Fluss. Er hatte keine andere Wahl. Obwohl er nicht gut schwimmen konnte, sprang er ins Wasser und gelangte tatsächlich ans andere Ufer und damit nach England.

Dabei hatte er seinen Hut, auf dem eine rote Rose aufgenäht war, verloren. Dieser Hut schwamm nun auf den Wellen des Tamars, und als die Verfolger ihn entdeckten, dachten sie, Richard sei wohl im Fluss ertrunken, und gaben die weitere Verfolgung auf.

Richard gelang es schließlich, nach Frankreich zu entkommen, wo er sich Jahre später Henry Tudor anschloss. Er kämpfte mit ihm Seite an Seite im Jahre 1489 bei der Schlacht von Bosworth, und als Henry König wurde, gab dieser Richard sein Schloss und die Ländereien zurück. Richard wurde ein bedeutender Mann am Hof. Als Dank für seine Rettung ließ er die Kapelle an genau der Stelle erbauen, an der er damals in den Fluss gesprungen war.«

Margret schwieg einige Zeit.

»Eine schöne Geschichte. Ihr könnt auf Eure Vorfahren stolz sein«, sagte sie leise.

»Margret!« Con war plötzlich sehr ernst geworden. »Darf ich dir noch eine Geschichte erzählen? Etwas, das du unbedingt wissen musst. Du hast dich bestimmt schon gefragt, weshalb Clara und ich verheiratet sind.«

»Ja ... das heißt nein ... ich meine, das geht mich nichts an ...«, stotterte Margret verlegen. In der Tat hatte sie sich darüber schon wiederholt Gedanken gemacht.

»Ach, Margret, ich glaube, du weißt, dass es dich sehr viel angeht. Da du mich liebst, dürfte es dich auch interessieren, wie meine Beziehung zu Clara ist.«

Margret holte tief Luft.

»Conan Trelawny, Ihr seid wohl der eitelste und arroganteste Mensch, der mir jemals begegnet ist! Wie könnt Ihr es wagen ...« Weiter konnte sie nicht sprechen. Conans Lippen verschlossen ihren Mund mit Küssen, die ihr erneut den Atem raubten. Als er sie endlich losließ, sagte er:

»Und jetzt sag noch einmal, dass du mich nicht liebst.«

Margret war viel zu aufgewühlt, um zu widersprechen. Darum hörte sie schweigend zu, als Con erzählte.

»Hier in Boventon Castle erblickte ich das Licht der Welt. Meine Mutter starb wenige Tage nach meiner Geburt, und mein Vater hat nie wieder geheiratet. Meine Kindheit war glücklich und unbeschwert, das lag auch mit daran, dass wir liebevolle Nachbarn hatten. Die Familie Lovelock besaß ein kleines Gut, dessen Ländereien direkt an die unsrigen grenzten. Es gab keinen Sohn in der Familie, aber zwei Töchter – Clara, die Ältere, und Julie, beinahe zehn Jahre jünger. Julie und ich waren gleich alt. Schon als wir noch Kinder waren und uns in den Gärten vergnügten, war uns klar, dass wir einmal heiraten würden. Oft spielten wir Hochzeit, und Clara musste den Pfarrer mimen. Sie tat es widerwillig, konnte aber dem Charme ihrer Schwester nicht widerstehen. Niemand konnte das. Julie war wie ein Engel. Klein, zierlich, mit langen, blonden Locken und kristallblauen Augen. Doch sie hatte keineswegs das sanfte Naturell eines Engels. Nein, sie war wild und unbezähmbar. Immer setzte sie ihren Willen durch, und niemand konnte ihr ernsthaft böse sein. Mit ihrem Charme zog Julie alle Menschen in ihren Bann. Selbst Clara, die strenge und seriöse, liebte ihre kleine Schwester abgöttisch. Oh, wie oft machten Julie und ich uns über Clara lustig! Über ihre brave Frisur, die eintönigen Kleider und ihre Unfähigkeit, die heitere Seite zu leben. Eines unserer Lieblingsspiele war, uns zu verstecken und Clara, die die Verantwortung für ihre Schwester trug, stundenlang nach uns suchen zu lassen. Wir saßen in unserem Versteck und lachten, wenn Clara uns erst nach längerer Zeit entdeckte.

Als Julie und ich achtzehn Jahre alt waren, teilten wir unseren Eltern mit, dass wir heiraten wollten. Es überraschte niemanden, im Gegenteil. Mein Vater klopfte mir stolz auf die Schulter, und Julies Eltern hatten immer gehofft, dass aus uns beiden einmal ein Paar werden würde. Die Verlobung war ein großes Fest, das über drei Tage ging. Ein Jahr später sollte die Hochzeit sein.

Es war eine glückliche Zeit. Die spielerische Unbekümmertheit unserer Kindheit war einer zärtlichen Verliebtheit gewichen, und wir freuten uns auf unser gemeinsames Leben. Die Ländereien sollten durch die Hochzeit vereinigt werden, sodass beide Familien davon profitierten.

Drei Wochen vor der Hochzeit passierte es. Im Haus der Lovelocks brach ein Feuer aus. Es brannte völlig aus. Erst zwei Tage später fanden wir Clara im Wald. Sie saß unter einem Baum und war völlig von Sinnen. Ich glaube, sie hat bis heute nicht begriffen, was geschehen war. Clara war die einzige Überlebende, und sie hatte alles verloren – ihre Familie und ihr Heim. Sie irrte nachts durchs Schloss und rief nach ihrer Schwester, sodass wir sie einschließen mussten. Auch ich lag Nacht für Nacht wach und sehnte mich nach Julie. Alle meine Träume, meine Hoffnungen waren zerstört worden. Es war, als wäre ein Teil von mir mit Julie im Feuer umgekommen. Mein Vater kümmerte sich rührend um Clara, und nach einem Jahr ging es ihr besser. Sie suchte und fand Trost in ihrem Glauben, und eine Zeit lang dachte sie daran, in ein Kloster zu gehen. Claras Mutter war eine gebürtige Dudley, aus dem Norden Englands. Du hast bestimmt schon von Robert Dudley gehört, dem Günstling der Königin. Nun, in der Zeit nach dem Brand wurde seine Familie in Intrigen am Hof verstrickt und als Hochverräter angeklagt. Lord Dudley und sein ältester Sohn Guildford wurden hingerichtet, Robert saß im Tower. Es war wenig sinnvoll, mit der Familie Kontakt aufzunehmen, so blieb Clara bei uns. Sie hatte niemanden, zu dem sie gehen konnte, und in mir war nach Julies Tod alles tot und leer. Als mein Vater starb, konnten Clara und ich nicht mehr allein unter einem Dach leben. Was lag da näher als zu heiraten? Die Ländereien wurden vereinigt, so wie es geplant gewesen war, und Clara wurde Lady Trelawny. Es ist eine reine Vernunftehe, von Liebe ist auf beiden Seiten keine Rede. Es ist mir wichtig, dass du das weißt, Margret. Denn jetzt habe ich die Frau gefunden, die ich liebe. Du bist die erste Frau, die Julies Bild aus meinem Herzen verbannt hat.«

In Margrets Kopf wirbelte es durcheinander. Sie war unfähig, etwas zu erwidern. So sprang sie auf, raffte ihre Röcke und lief ins Haus zurück. Hoffentlich begegnet mir jetzt niemand, dachte sie, denn jeder musste ihr ansehen, wie es um sie stand. Ihre Bitte wurde erhört. Ungesehen huschte sie in ihr Zimmer und lehnte sich mit pochendem Herzen gegen die Tür. In den letzten Minuten hatte Margret erkannt, dass Con mit jedem Wort Recht hatte: Sie liebte ihn! Sie liebte zum ersten Mal in ihrem Leben einen Menschen so, wie eine Frau einen Mann lieben sollte! Margret presste eine Faust auf den Mund, um das Schluchzen, das sich aus ihrer Kehle rang, zu unterdrücken. Sie musste Boventon Castle verlassen, so schnell wie möglich!

Kapitel 15

Clara Trelawny beobachtete die rothaarige junge Frau aus den Augenwinkeln. Margret saß am Fenster und arbeitete konzentriert an einer Stickerei für ein Kleid. Das Licht fiel auf ihr Haar und ließ goldene Reflexe darin aufleuchten. Clara war vielleicht manchmal ein wenig naiv, aber sie war nicht dumm. Sie hatte Margret wirklich gern, aber in den letzten Wochen war ihr sehr wohl aufgefallen, was in Con vor sich ging. Auch wenn ihre Verbindung auf Vernunft und Freundschaft aufgebaut war, wollte sie ihn nicht verlieren. Die Ehe war Clara heilig, ihr Glaube verbot eine Trennung, gleich aus welchen Gründen. Darum hatte sie einen Plan geschmiedet, und heute Morgen war die Antwort gekommen.

»Ihr seid sehr geschickt mit der Nadel, Lady Margret«, sprach Clara die junge Frau an.

Margret schreckte von ihrer Arbeit auf. Sie war in Gedanken weit fort gewesen.

»Ja, das Nähen hat mir immer Freude bereitet.«

»Ihr habt bestimmt schon darüber nachgedacht, wie nun Euer Leben weitergehen soll.« Es war mehr eine Feststellung als eine Frage, sodass sich eine Antwort Margrets erübrigte. »Wie Ihr vielleicht wisst, habe ich einen Verwandten am Hof – Robert Dudley, einer der Günstlinge der Königin. Nun, ich habe ihm geschrieben und ihn um eine Anstellung für Euch im Hofstaat gebeten. Heute erhielt ich seine Antwort.«

Clara machte eine Pause und sah, wie Margret die Nadel aus den Fingern glitt, dann sprach sie weiter: »Was haltet Ihr davon, an den Hof zu gehen?«

Margret war zu überrascht, um zu antworten. Sie starrte Clara nur wortlos an. Schließlich würgte sie hervor: »Das ... ist sehr gütig von Euch, Lady Clara. Welche Stellung soll ich da bekleiden?«

Clara lächelte.

»Natürlich nicht die einer ersten Hofdame, nein, Ihr werdet gar nicht in der Nähe der Königin arbeiten. Aber in der Nähstube wird jede geschickte Hand gebraucht. Wie Ihr sicher wisst, besitzt die Königin unzählige Kleider, und stets lässt sie sich neue anfertigen. Ich habe Dudley Eure Kunst, mit der Nadel umzugehen, geschildert, und er erwartet Euch, so bald es möglich ist, in London.«

Margret konnte das eben Gehörte noch gar nicht richtig begreifen.

»Ich bin Euch zu tiefstem Dank verpflichtet, Lady Clara«, sagte sie leise. »Wann soll ich reisen?«

»In zwei Tagen, Lady Margret. Wird Euch das möglich sein? Natürlich werden mein Mann und ich Euch begleiten. Es ist für mich eine willkommene Gelegenheit, London wiederzusehen.«

In den frühen Abendstunden erreichte die kleine Gruppe London. Außer Claras Zofe wurden sie noch von drei Reitknechten begleitet. Die Reise war ruhig und ohne Zwischenfälle verlaufen. Sie hatten in guten Gasthäusern Quartier bezogen, und es mangelte ihnen an nichts. Margret teilte sich das Zimmer mit Claras Zofe. Doch während diese jede Nacht wie ein Stein schlief, wälzte sich Margret unruhig im

Bett hin und her. Es war ihr beinahe unerträglich, Tag für Tag neben Con zu reiten und nur unverfängliche Gespräche mit ihm zu führen, ihn nicht berühren zu dürfen. Manchmal glaubte sie, von ihm einen Blick aufzufangen, in dem derselbe Schmerz, die gleiche Qual, die auch ihr Herz empfand, lag. Aber das waren nur kurze Augenblicke. Bald schon würden sie getrennt sein, würden sich nicht mehr sehen, wahrscheinlich niemals wieder.

Robert Dudley hatte den Trelawnys, die kein Londoner Stadthaus besaßen, eines seiner Häuser als Quartier angeboten. Dort wurden sie freundlich empfangen, und Margret erhielt ein eigenes Zimmer, in dem ein gemütliches Feuer brannte. Dudley ließ ihr ausrichten, dass sie bereits am nächsten Morgen an den Hof übersiedeln sollte. Die ganze Nacht saß Margret am Fenster und blickte hinab auf die nächtlich ruhige Straße. Sie ahnte, nein, sie wusste, dass es Con zwei Zimmer weiter ähnlich ging. Nur noch wenige Stunden würden sie gemeinsam unter einem Dach verbringen, dann würden Hunderte von Meilen zwischen ihnen liegen. Vielleicht ist es besser so, dachte Margret und wischte sich die Tränen von den Wangen. Sie zwang sich, an andere Dinge zu denken, an Sally und Hump zum Beispiel, die sie so bald wie möglich aufsuchen wollte. Die Freunde wussten ja noch nicht, dass Otis tot war. Auf einmal fühlte sich Margret schrecklich einsam und allein und bedauerte fast, nicht von Leonard und Isabell getötet worden zu sein.

»Robert, darf ich Euch Lady Margret Pendellion vorstellen?« Margret wurde von Clara regelrecht ins Zimmer gestoßen und versank in einen tiefen Knicks.

»Erhebt Euch, Ihr braucht Euch vor mir nicht zu verbeugen.« Der Mann trat auf Margret zu und reichte ihr die Hand.

Margret sah auf. Sie erkannte den stolzen, edlen Reiter vom Krönungszug sofort wieder. Robert Dudley sah ihr ins Gesicht, und plötzlich konnte sie ein seltsames Funkeln in seinen Augen erkennen. Sie erschrak zutiefst, denn dieser Blick erinnerte sie an Thomas Seymour. Lord Leicester war freundlich zu ihr, dennoch ahnte Margret instinktiv, dass sie mit diesem Mann Schwierigkeiten bekommen würde.

Beim Abschied von Conan und Clara zitterte Margrets Hand, als Con einen leichten Kuss darauf hauchte. Clara umarmte sie und wünschte ihr alles Gute. In diesem kurzen Moment trafen sich Margrets und Conans Blicke, die das gegenseitige Versprechen enthielten, aufeinander zu warten, egal was geschehen würde.

Dudley begleitete Margret in den Greenwich Palast und überließ sie dort der Obhut einer älteren, streng blickenden Frau.

»Lady Carmoly«, stellte er sie vor. »Die oberste Dame der Kleiderkammer. Ich bin sicher, Ihr werdet Euch bald eingewöhnen. Lord Trelawny hat mich gebeten, mich persönlich um Euer Wohlergehen zu kümmern. Das zu tun, wird mir ein Vergnügen sein, liebste Lady Margret.« Der Handkuss, mit dem er sich von ihr verabschiedete, war intensiver, als es die Schicklichkeit erlaubte.

Lady Carmoly musterte Margret mit einem langen Blick.

»Ich hörte, Ihr seid seit kurzem Witwe«, sagte sie mit süßsaurer Stimme, die keinen Zweifel ließ, dass Margret ihr unsympathisch war. Völlig zusammenhanglos bemerkte sie:

»Ihr solltet nicht vergessen, dass Lord Dudley der besondere Günstling unserer gütigen Königin ist. Ich möchte keinen Ärger in der Kleiderkammer.«

Margret spürte, wie sie errötete.

»Lady Carmoly, was denkt Ihr ...?« rief sie empört, doch die Angesprochene hatte ihr den Rücken zugewandt und gebot Margret, ihr zu folgen.

Die Arbeit gefiel Margret und ging ihr leicht von der Hand. Die Kleidung der Königin war vielfältig und bedurfte der ständigen Ausbesserung. Lady Carmoly beobachtete Margret die ersten Wochen besonders streng und machte aus ihrer Antipathie keinen Hehl, doch an ihrer Arbeit konnte sie nichts aussetzen. Ihre Finger waren flink, die Stiche sauber und korrekt. Meist saß Margret still in einer Ecke und arbeitete konzentriert. Sie beteiligte sich nicht am allgemeinen Klatsch der jungen Mädchen. Auch bei den Mahlzeiten antwortete sie nur, wenn eine Frage gezielt an sie gestellt wurde. Die anderen Frauen respektierten Margrets Schweigsamkeit, wussten sie doch, dass die Lady erst seit kurzem verwitwet war.

»Sie muss ihren Mann sehr geliebt haben«, tuschelten sie. »Eine so schöne Frau wie sie wird bestimmt nicht lange einsam bleiben. Doch sie hat für Männer keinen Blick übrig, habt ihr es schon bemerkt?«

Margret ließ die Frauen in dem Glauben. In Wahrheit waren ihre Gedanken in Cornwall, in Boventon Castle und bei Conan. Sie sehnte sich nach ihm.

Clara hatte Recht gehabt. Margret hatte mit dem Hofstaat, der die Königin umgab, nichts zu tun. Ein-, zweimal konnte sie Elisabeth von weitem in den Gärten sehen, immer umgeben von einer Schar ihrer Günstlinge, allen voran der schöne Robert. Margret war froh darüber, sie hatte die Schwierigkeiten, in die sie durch ihre Ähnlichkeit mit der Königin gekommen war, noch nicht vergessen. Darum verbarg sie ihr rotes Haar auch immer korrekt unter einer schwarzen Haube und hielt ihren Blick gesenkt.

Als Margret bereits zwei Wochen am Hof lebte, fand sie endlich Gelegenheit, nach Southwark zu gehen, um die alten Freunde aufzusuchen. Natürlich musste das heimlich geschehen, denn keine Bedienstete des Hofes durfte sich in einer solch üblen Gegend aufhalten. Überrascht stand Margret vor dem *Arthur's Arms*. Wie anders sah die Schänke nun aus! Das Haus hatte einen neuen Anstrich erhalten, die schwarzen Balken hoben sich glänzend von der weißen Fassade ab. Die Fenster bestanden aus lauter kleinen, bleiumrandeten Scheiben, in denen sich das Sonnenlicht spiegelte. Vorsichtig stieß Margret die massive Holztür auf. Auch der Schankraum hatte sich verändert. Die rohen Bänke waren verschwunden, stattdessen gruppierten sich bequeme Stühle um zierliche Tische. Ein rotbackiges, dralles Mädchen trat auf Margret zu und begrüßte sie mit einem Knicks.

»Mylady, womit können wir Euch dienen?«

»Äh ...«, stotterte Margret, völlig überrascht von der prachtvollen Ausstattung der Schänke. »Ich suche die Eigentümer ... Hump und Sally, aber wahrscheinlich ist das Lokal längst in anderen Händen.«

»Oh nein«, lachte das Mädchen. »Einen Augenblick, ich sage Mrs. Sally Bescheid.«

Nur wenige Minuten später wurde Margret von zwei dicken Armen an den ihr wohl vertrauten Busen gezogen.

Sally hatte sich nur äußerlich verändert. Sie sah kräftiger, aber auch eleganter aus, doch ihr offenes Lächeln hatte sie sich bewahrt. Genauso herzlich fiel die Begrüßung mit Hump aus. Aus dem grobschlächtigen Wirt war ein eleganter Mann geworden, der sein neues Wams mit sichtlichem Stolz trug.

Erschüttert hörten die beiden Freunde von Otis' Tod. Schonungslos und offen erzählte Margret von ihren Erlebnissen und verschwieg auch ihre Liebe zu Conan Trelawny nicht. Hump und Sally hatten immer über Margrets und Otis' Beziehung Bescheid gewusst, und Sally freute sich von ganzem Herzen, dass Margret nun auch die Liebe entdeckt hatte. Dann erzählte Hump von der Veränderung des *Arthur's Arms*.

»Zur Zeit von Königin Mary lebten wir hier wie auf einem Pulverfass. Nächtelang konnten wir vor Angst nicht schlafen, auch wenn wir von unserem Tun, Elisabeth auf den Thron zu bringen, überzeugt waren. Als es dann endlich so weit war, hätten wir nie gedacht, für unsere Taten belohnt zu werden. Nachdem ihr beide, du und Otis, uns verlassen habt, lief hier alles weiter wie gewohnt. Nur Otis' Musik fehlte den Gästen. Doch eines Tages kam ein Mann vom Hof zu uns, sagte, die Königin wolle uns belohnen und gab uns einen Beutel mit Gold und ein Schreiben der Königin. Sie dankte uns für unsere Loyalität und Unterstützung und schrieb, England brauche solche Untertanen wie uns. Wir haben bis heute nicht erfahren, woher die Königin von unserer Gruppe wusste, aber Margret, du siehst, wir haben das Geld gut genutzt. Die Schänke ist jetzt ein beliebter Treffpunkt für die Bürger der Stadt. Manchmal kommen sie auch vom Hof zu uns. Natürlich – Southwark ist immer noch nicht die beste Gegend Londons, aber unsere Schänke hat einen sehr guten Ruf.«

Margret umarmte die beiden herzlich. Sie versprach, so oft wie möglich wieder zu kommen. Nun gab es einen Lichtblick in ihrem Leben. Sie war nicht allein, sondern hatte wohl das Wertvollste, was es auf der Welt gab – Freunde!

In dieser Stimmung traf Robert Dudley sie an. Schon seit Tagen hatte er auf eine Gelegenheit gewartet, der jungen Witwe allein zu begegnen. Obwohl schlicht gekleidet war ihm sogleich die Schönheit Margrets aufgefallen. Und auch die Ähnlichkeit! Dudley konnte es zuerst kaum glauben, aber nach einem Blick in Margrets Augen meinte er, in Elisabeths Gesicht zu sehen. Elisabeth, die Königin. Schmerzhaft zog sich sein Herz zusammen, als er an die geliebte Frau dachte. Warum entschied sie sich nicht endlich für ihn – und für ihr Herz. Denn dass Elisabeth ihn auch liebte, das wusste Robert Dudley. Nun, er war ein Mann mit gewissen Wünschen und Bedürfnissen und Margret eine Frau, die jung, hübsch und einsam war. Dass sie der geliebten Frau zudem ähnlich sah, erleichterte die Sache um einiges.

Margret erschrak fast zu Tode, als der Mann ihr plötzlich in den Weg trat. Sie stieß einen Schrei aus.

»Verzeiht, ich wollte Euch nicht erschrecken«, beruhigte Dudley sie und griff nach ihrer Hand. »Ich sah Euch allein im Garten wandeln und wollte mich nach Eurem Befinden erkundigen. Ihr wisst, dass Ihr von Lord Trelawny mir persönlich anvertraut worden seid.« Margret war die Begegnung äußerst unangenehm. Doch sie wollte nicht unhöflich sein, zumal dieser Mann großen Einfluss am Hof hatte.

»Danke für die Nachfrage, Sir. Es geht mir ausgezeichnet. Ich bin Euch sehr zu Dank verbunden, dass Ihr mir diese Stellung verschafft habt.«

Dudley drückte Margrets Handrücken länger gegen seine Lippen, als es nötig gewesen wäre.

»Für eine so schöne Frau, wie Ihr es seid, würde ich noch mehr tun. Sehr viel mehr!«

Margret entzog ihm mit einem Ruck ihre Hand. »Sir, ich bin in Trauer. Habt ihr das vergessen?« Er lachte kurz auf.

»Trelawny sagte nur, Euer Gatte sei schon über vier Monate tot. Ihr müsst wieder beginnen zu leben, Lady Margret. Ihr seid entschieden zu jung, um auf Dauer Witwe zu sein.«

»Ich finde, wir sollten das Gespräch beenden«, erwiderte Margret kühl und wandte sich ab. Doch Dudley packte sie brutal am Arm und zog ihren Körper gegen den seinen.

»Margret, komm, sei nicht so kalt! Ich bin ein gut aussehender und einflussreicher Mann. Ich kann dir viele Türen am Hof öffnen. Außerdem – ich habe mich wirklich in dich verliebt.«

Mit aller Kraft, die Margret aufbrachte, gab sie Dudley eine Ohrfeige. Sie zitterte am ganzen Körper, und ihre Stimme vibrierte, als sie sagte: »Wagt es nicht noch einmal, Robert Dudley.« Allein die Anrede war eine Beleidigung, denn damit stellte Margret klar, dass sie ihn nicht länger als Sir schätzte. »Und was Eure angebliche Verliebtheit betrifft – ist es nicht viel mehr mein Äußeres, das Euch anzieht? Wenn sie Euch verschmäht, dann sucht Ihr Euch eine Hülle, die Ähnlichkeit hat?«

Dudley wurde blass, und Margret bemerkte, dass sie ihn an seiner wunden Stelle getroffen hatte. Sie wusste, in dieser

Minute hatte sie sich den einflussreichsten Mann in ganz England zum Feind gemacht.

Der Winter und Weihnachten gingen vorüber, und Margret hatte in der Nähstube ein paar Freundschaften geschlossen ... Was ihr Privatleben anging, blieb sie jedoch weiterhin sehr reserviert. Nur mit Bersheba, einer jungen Irin, führte sie längere Gespräche. Diese war an den Hof geschickt worden, weil ihre Familie hoffte, die einzige Tochter würde dort einen reichen Mann kennen lernen, der ihr ein angenehmes Leben bieten könnte.

»Die Wahrheit ist jedoch, dass sie mich von Sean trennen wollten«, seufzte Bersheba und erzählte Margret von ihrer unglücklichen Liebe zu einem armen, irischen Bauernsohn. Bevor das Mädchen mit ihrem Geliebten durchbrennen konnte, wurde sie nach England gebracht. Margret fand keine Worte des Trostes, war doch auch ihr Herz schwer von der unerfüllbaren Liebe zu dem Mann einer anderen. So kam es, dass sie der Irin von Conan erzählte, nicht viel, aber mit jedem Wort, jeder Geste konnte Bersheba erkennen, wie sehr Margret diesen Mann in Cornwall liebte. Die beiden Frauen wurden Freundinnen.

Robert Dudley hatte keinen Versuch mehr unternommen, Margret alleine abzupassen. Wenn sie sich aus Zufall begegneten, was selten geschah, so verfolgte er Margret mit seinen Blicken, die sie aber kühl und abweisend erwiderte. Sie hatte keine Angst vor diesem Mann.

Durch politische Machtkämpfe waren das Land und Elisabeths Herrschaft nachhaltig erschüttert worden. Maria Stuart, Königin von Frankreich und Schottland, nach dem

Tod ihres Mannes, König Franz von Frankreich, von Franzens Mutter, Katharina von Medici, aus Frankreich verjagt, hatte Elisabeth um sicheres Geleit durch die englischen Hoheitsgewässer gebeten. Die englische Königin hatte dies jedoch abgelehnt, denn sie hatte nicht vergessen, dass in England immer noch eine Reihe fanatischer Katholiken lebte, und Maria Stuart war erzkatholisch. Mochte die Nation insgesamt einen katholischen Monarchen auch ablehnen, so bedurfte es keiner besonderen Anstrengung, das Volk gegen Elisabeth aufzuwiegeln, falls sie deren Missfallen erregen sollte …

Mit Schottland hatte England zwischenzeitlich Frieden geschlossen. Im *Vertrag von Edinburgh* war festgelegt worden, dass alle Franzosen, die nach Schottland gekommen waren, um sich mit den Schotten gegen England zu verbünden, das Land verlassen müssten. Eine weitere Klausel besagte, Maria Stuart habe ein Bußgeld dafür zu entrichten, dass sie zu den schottischen und französischen Emblemen auch die Englands in ihrem Wappen trug. Dieser Vertrag war allerdings noch nicht unterzeichnet, und Elisabeth war klar, dass Maria nicht daran dachte, das zu tun. So saß nun also die Spinne im Netz, wie Maria von Elisabeth gehässig bezeichnet wurde, und wartete auf eine Gelegenheit, Englands Thron an sich zu reißen.

Margret, die sich früher nie für Politik interessiert hatte, bekam jetzt, durch die Nähe des Hofes, alles mit und wurde, ob sie wollte oder nicht, in den Strudel der Ereignisse mit hineingerissen. Als die Königin sich entschloss, ihrem Günstling den Titel eines Earl of Leicester zu übertragen und ihn damit in die höchsten Kreise Englands zu erheben – nur der Herzog von Norfolk stand noch über ihm –, ging ein Aufschrei durch das Land. Aber Elisabeth verfolgte ein bestimmtes Ziel, sie wollte die Gefahr, die Maria Stuart für den Thron bedeutete, bannen.

Margret und alle anderen konnten es nicht glauben, dass die Königin ihrer Rivalin Maria Stuart die Hand Dudleys oder vielmehr jetzt Leicesters angeboten hatte. Die Königin der Schotten soll aber nur gelacht und gesagt haben: »Ich habe es nicht nötig, die abgelegten Liebhaber einer älteren Frau zu nehmen!«

Als Elisabeth das erfuhr, schloss sie sich mehrere Tage in ihre Gemächer ein und war für niemanden zu sprechen, nicht einmal für Robert, der seinerseits sehr verärgert über die Königin war.

Kapitel 16

Margret fühlte sich um Jahre zurückversetzt, als sie dem Lakaien durch die endlosen Gänge des Palastes von Greenwich folgte. Vor einer Stunde hatte sie die Nachricht erhalten, die Königin wünsche sie zu sprechen. Königin Elisabeth! In ein paar Minuten würde Margret der Frau, die ihr Leben bestimmt hatte, von Angesicht zu Angesicht gegenüberstehen. Margret dachte an den Tag, an dem sie als Gefangene das erste Mal in den Palast geführt worden war, und ihr Herz klopfte wild. Sie war nervös. Vergangene Stunde hatte sie sich überlegt, warum die Königin sie wohl sprechen wollte, doch sie konnte sich keinen Grund denken. Seit sich Margret am Hof befand, hatte sie gewissenhaft und ordentlich ihre Arbeit verrichtet und sonst ein eher stilles und zurückgezogenes Leben geführt. Bis auf die zwei peinlichen Begegnungen mit Lord Leicester war nichts Aufregendes geschehen. Als Witwe nahm sie weder am höfischen Leben teil, noch hatte Königin Elisabeth sich um die Damen der Kleiderkammer gekümmert. Nun, gleich werde ich mehr wissen, dachte Margret, holte tief Luft und ging durch die Tür, die der Lakai für sie geöffnet hatte.

»Lady Margret Pendellion, Majestät«, kündigte er sie an, und Margret versank hinter der Schwelle in einen tiefen Knicks.

»Komm näher!« Die Stimme war scharf, und man hörte ihr an, dass sie zu befehlen gewohnt war. Langsam näherte sich Margret der Frau, die in einem hohen Lehnstuhl am anderen Ende des kleinen Kabinetts saß. Der Raum mit der niedrigen Balkendecke war rundherum mit Holz getäfelt. Mit einem Blick erkannte Margret einen zierlichen Schreibtisch, davor einen weichen Sessel, zwei Truhen an den Wänden und einige locker platzierte Stühle. Das war die ganze Einrichtung.

Die Königin saß mit dem Rücken zum Fenster, sodass die Morgensonne Elisabeths Haar rotgolden aufleuchten ließ. Direkt vor ihr sank Margret erneut auf die Knie, senkte den Kopf und sah zwei kleine, zierliche Füße, die in weißen Seidensandaletten steckten.

»Du bist also Margret Pendellion?« Es war mehr eine Feststellung als eine Frage, sodass Margret nicht wusste, ob sie darauf antworten sollte. Aber die Königin hatte keine Antwort erwartet. »Sieh mich an!«

Margret tat wie geheißen und blickte auf. Nun fiel das Licht auch auf das Gesicht der Königin, und Margret sah in ein ebenmäßiges, weißes Gesicht mit kleinen, eng stehenden Augen und einem schmalen Mund. Unvergleichlich war jedoch das Haar! Über und über mit Perlen und Diamanten geschmückt, funkelte es in der Sonne. Margret dachte an den kalten Januartag, als die Königin bei ihrem Krönungszug an ihr vorbeigefahren war. Elisabeth hatte sich nicht verändert; sie war um keinen Tag gealtert.

»Ich habe dich rufen lassen, weil meine Damen nur dich als ehrbare und ruhige Witwe geschildert haben«, begann die Königin, »und auf den ersten Blick erweckst du auch den Anschein, genau das zu sein.«

Margret schnappte erstaunt nach Luft.

»Majestät ...?«

Elisabeth brachte sie mit einer kurzen Handbewegung zum Schweigen.

»Ich dachte, es wäre hinreichend bekannt, dass ich an meinem Hof keine Liebeleien dulde!« Ihre Stimme war kalt und schneidend. »Ganz besonders kann ich es nicht dulden, dass junge Witwen ihre Stellung vergessen und den Günstlingen der Königin schöne Augen machen!«

Margret brach der kalte Schweiß aus allen Poren. Was um alles in der Welt meinte die Königin? Lord Leicester – durchfuhr es sie heiß. Aber er hatte sich doch ihr genähert, und sie hatte ihn deutlich in die Schranken gewiesen.

Beinahe wollte sie der Königin widersprechen, besann sich aber noch rechtzeitig, nicht unaufgefordert zu reden. Und da fragte Elisabeth sie auch schon: »Was hast du dazu zu sagen?«

»Ich ... Majestät ... ich bin untröstlich, dass Euch solche Gerüchte zu Ohren gekommen sind, aber es ist kein Wort davon wahr!«

»Du meinst, es handelt sich nur um Hofklatsch?«, fragte die Königin scharf.

Margret nickte.

»Ja, Majestät. Ich habe mit Lord Leicester lediglich ein paar Worte gewechselt, da er ein Verwandter von Freunden von mir ist und mir diese Stellung an Eurem Hof vermittelt hat. Dafür bin ich ihm ... und natürlich auch Euch ... sehr dankbar.«

»Hhm ... das deckt sich mit dem, was Robert mir sagte«, murmelte Elisabeth zu sich selbst. »Lord Leicester«, rief sie plötzlich, »was habt Ihr dazu zu sagen?«

Margret erschrak zutiefst, als der Angesprochene plötzlich aus dem Schatten hinter dem Stuhl der Königin hervortrat. Er hatte wohl schon die ganze Zeit dort gestanden!

Robert Dudley sank vor der Königin auf die Knie und küsste die schmale, weiße Hand.

»Ihr wisst, dass jeder Blick, den ich einer anderen Frau als meiner Königin schenke, nur im Interesse des Hofes erfolgt«, sagte er galant.

Elisabeth erhob sich und ging langsam im Raum auf und ab.

»Du bist eine sehr hübsche Frau, Margret«, sagte sie. »Ich mag schöne Menschen in meiner Umgebung. Nimm die Haube ab und lass dich anschauen.«

Margret wusste, sie musste der Aufforderung Folge leisten. Sie dachte an ihre Ähnlichkeit mit der Königin und war auf alles gefasst. Und wirklich, kaum hatte sie ihre Haube gelöst und ihr Haar fiel über die Schultern herab, zog Elisabeth hörbar die Luft ein.

»Nein!« Sie fasste Margret grob am Arm und zog sie zum Fenster. »Das gibt es nicht!«

Die beiden Frauen, die sich so ähnlich waren, standen nun im Sonnenlicht einander gegenüber. Margret starrte der Königin angstvoll ins Gesicht, doch diese hatte sich gleich wieder unter Kontrolle.

»Jetzt weiß ich wenigstens, warum Euch die Lady so gefällt, Robert«, bemerkte sie spöttisch. »Es gibt seltsame Zufälle! Wo bist du geboren, Margret?«

»In den Cotswolds, Majestät.« Margret hielt es für ratsam, nähere Umstände ihrer Geburt nicht zu erwähnen.

»Es ist gut, du kannst gehen«, sagte die Königin zu ihr. »Übrigens, ich bin mit deiner Arbeit sehr zufrieden, und ich denke doch, dass es keinen Grund mehr für Hofklatsch geben wird, oder?«

»Sicher nicht, Majestät«, antwortete Margret leise und warf einen Blick zu Lord Leicester. An mir soll es nicht liegen, dachte sie und hoffte, dass der Günstling der Königin ihr künftig nicht mehr auflauern würde.

Margrets Hände zitterten immer noch leicht, als sie ihr Haar wieder unter die Haube steckte und die Bänder auf der Brust schließen wollte. Dabei blieb sie mit ihrem Ehering an der Kette des Medaillons hängen. Hastig, weil sie die Königin so schnell wie möglich verlassen wollte, nestelte sie an der Kette mit dem Erfolg, dass der Ring sich noch mehr verhakte und die Kette riss. Laut scheppernd fiel der Anhänger zu Boden.

»Verzeihung«, murmelte Margret und wollte sich nach dem Schmuckstück bücken, doch Lord Leicester war schneller.

»Ein kostbares Stück«, sagte er anerkennend und musterte das Medaillon fachmännisch. »Ein Geschenk Eures verstorbenen Mannes?«

»Nein, meiner Eltern«, antwortete Margret und streckte die Hand nach dem Anhänger aus. Doch diesmal war die Königin schneller. Mit einem Griff hatte sie die Kette Lord Leicester aus der Hand gerissen und starrte entsetzt auf das Medaillon. Alle Farbe war aus Elisabeths Gesicht gewichen, und sie ließ sich rückwärts tastend in einen Stuhl fallen.

»Woher hast du das?« Die Königin schrie es fast.

»Von meiner Mutter, sie starb bei meiner Geburt. Es ist das einzige Andenken an meine Eltern.«

Elisabeths Hände zitterten wie Espenlaub. Sie griff sich an den Kopf und zog eine Haarnadel heraus. Anscheinend war es ihr gleichgültig, dass sich dabei einige Strähnen lösten. Behutsam fuhr die Königin mit dem Finger über das Kreuz aus Diamanten, dann nahm sie die Haarnadel und stach vorsichtig auf den mittleren Stein.

Margret hielt die Luft an, als sie sah, wie der Anhänger aufsprang. Wie oft hatte sie selbst nach einem Mechanismus gesucht, dabei war es so einfach!

Minutenlang starrte die Königin auf das Kleinod in ihren Händen, alles Blut schien aus ihrem Gesicht gewichen zu sein. Dann wandte sie sich mit brüchiger Stimme an Lord Leicester.

»Robert, ruf die Wache. Sie sollen Margret in ein anderes Zimmer bringen und dort bei ihr bleiben, bis ich entschieden habe, was zu tun ist. Danach muss ich dich sprechen, dringendst!«

Margret war bei diesen Worten beinahe das Herz stehen geblieben. Sie konnte sich keinen Reim auf alles machen. Während Lord Leicester das Zimmer verließ, wandte sich die Königin erneut an sie.

»Wer war deine Mutter?«, fragte sie, und Margret konnte das Zittern in ihrer Stimme deutlich hören.

»Sie war Magd in einem Schloss in den Cotswolds«, antwortete sie, wissend, dass sie jetzt die Wahrheit sagen musste, denn mit der Königin war nicht zu spaßen.

»Welches Schloss? Und wann bist du geboren?«

»Meine Mutter stand auf Sudeley Castle in Diensten, Majestät. Ich wurde im Mai 1536 geboren.«

»Was weißt du über deinen Vater?«

Margret zuckte die Schultern.

»Nichts. Meine Mutter gab der Frau, die sich meiner annahm, dieses Schmuckstück und sagte, es sei die einzige Erinnerung an meinen Vater.«

Elisabeth schwieg und starrte wieder auf das Medaillon. Margret traute sich nicht zu fragen, was die Königin so erschreckt hatte, und wartete stumm, bis zwei Männer sie schließlich in ein anderes Zimmer führten und vor der Tür Wache bezogen.

Schon einmal war Margret nach einem Gespräch mit einer Königin, der Königin Mary, von Wachen abgeführt und in den Kerker gebracht worden. Damals hätte sie beinahe ihr Leben verloren. Welches Schicksal würde sie nun erwarten?

Robert Dudley kehrte zu einer völlig verstörten Elisabeth zurück. Noch immer saß diese stumm da und starrte auf die Kette.

»Liebling, was ist nur geschehen?«

Jetzt, da sie allein waren, bemühte sich Robert nicht mehr, die Form zu wahren. Sie waren nun nicht mehr Königin und Untertan, sondern nur noch Mann und Frau – und Elisabeth war die Frau, die Robert liebte.

»Da, sieh dir das an!«, sagte Elisabeth und gab ihm den Anhänger. Wie Robert bereits vermutet hatte, enthielt er die Miniatur eines Mannes. Robert zog hörbar die Luft ein. Das kunstvoll gemalte Bild zeigte keinen Geringeren als den großen König Heinrich VIII. – Elisabeths Vater.

»Was hat das zu bedeuten?«

»Musst du wirklich noch fragen, Robert?« Elisabeth sah ihn mit großen Augen an. »Jetzt ist es wohl klar, warum diese Frau so starke Ähnlichkeit mit mir hat. Wir haben denselben Vater! Robert – sie ist meine Schwester!« Die letzten Worte glichen einem verzweifelten Schrei, und Robert nahm sie in die Arme. Er bettete Elisabeths Kopf an seine Schulter und strich ihr übers Haar.

»Sscht! Die Geschichte, die Margret uns erzählt hat, muss ja nicht stimmen. Vielleicht hat sie das Medaillon gestohlen.«

Elisabeth schüttelte den Kopf.

»Ich glaube ihr. Ich erinnere mich noch daran, wie ich manchmal auf den Knien meiner Mutter gesessen habe und mit dem Anhänger spielte. Sie zeigte mir auch, wie man ihn öffnet. Das tat ich und betrachtete voller Stolz das Bild meines Vaters. Er hatte es ihr geschenkt, lange vor meiner Geburt, als er meine Mutter noch liebte und achtete. Ja, und dann, ich erinnere mich sehr gut an die Szene, obwohl ich damals keine drei Jahre alt war, kam es zu einem furchtbaren Streit. Das ganze Schloss konnte es hören. Meine Eltern hatten einige Wochen in den Cotswolds, in Sudeley Castle, verbracht. Meine Mutter vermisste das Medaillon und beschuldigte meinen Vater, es ihr weggenommen zu haben, und er brüllte sie an, ja, er habe es einer Frau geschenkt, die in der Lage sei, ihm Söhne zu gebären. Ich hatte damals schreckliche Angst und habe das nie vergessen. Robert, das ist kein Zufall! Es war Margrets Mutter, der er diesen Schmuck geschenkt hat, und er hat sie geschwängert.«

Leicester runzelte die Stirn.

»Ich kann mir nicht vorstellen, dass der König so etwas Wertvolles einer einfachen Magd schenkt!«

»Ich schon, Robert. Mein Vater beurteilte die Menschen in seiner Umgebung stets nach Sympathie. Er machte nie große Unterschiede zwischen Adel und Volk. Hauptsache war, dass man ihn verehrte und bewunderte. O doch, ich glaube schon, dass er aus Wut über seine Frau das Medaillon Margrets Mutter geschenkt hat.«

Robert musste Elisabeth zustimmen. Wäre da nur der Anhänger gewesen, so hätte er seine Zweifel gehabt, aber wenn man die beiden Frauen nebeneinander sah, konnte jeder erkennen, dass sie Halbschwestern waren. Ihm selbst war ja bei der ersten Begegnung die starke Ähnlichkeit Margrets mit der Königin aufgefallen.

»Es ist seltsam, wie sehr ihr euch gleicht«, sagte er. »Mary war auch deine Halbschwester, aber nie waren zwei Frauen unterschiedlicher als ihr.«

Elisabeth nickte.

»Ja, doch Margrets Mutter war eine gesunde, englische Frau wie meine Mutter und nicht eine kränkliche, spanische Mähre!«

»Was wirst du jetzt tun?«, fragte Robert leise.

»Tun?« Erstaunt sah Elisabeth auf. »Du glaubst doch nicht, ich würde sie offiziell als meine Schwester anerkennen?«

»Nein, das meinte ich wirklich nicht. Aber Elisabeth, du kannst auch nicht einfach so tun, als gäbe es Margret nicht.«

»Sag mir nicht, was ich zu tun habe«, fauchte Elisabeth ihn an, und Robert zuckte zurück. Er wusste, auch wenn sie noch so vertraut miteinander umgingen, Elisabeth vergaß nie, dass *sie* die Königin war.

»Die Königin von England hat Feinde«, sagte er deshalb vorsichtig.

»Ja?«

»Nun, Feinde, die wohl nicht zögern würden, eine andere auf den Thron zu bringen. Eine, die *ihre* Interessen vertritt, die Interessen von Rom.«

Elisabeth begann ruhelos im Zimmer auf und ab zu gehen.

»Ach, du meinst, man könnte mich absetzen und stattdessen diesem Bastard die Krone aufs Haupt drücken, weil ich im Grunde genauso ein Bastard bin wie sie?« Aus ihren grauen Augen flogen Blitze. »Aber das Volk von England liebt *mich*, es verehrt *mich*! Sie würden nie eine andere Königin akzeptieren!«

Robert hob abwehrend die Hände.

»Nein, nein!«, beteuerte er. »Ich dachte vielmehr an die Möglichkeit, die sich unseren Feinden durch eure Ähnlichkeit bietet. Sie könnten Margret zu einer willigen Puppe machen. Wenn sie durch die Stadt ritte, würde keiner aus dem Volk den Unterschied erkennen. Sie wäre Elisabeth, die Königin von England.«

Elisabeth blieb vor dem Fenster stehen. Sie wusste, dass Robert Recht hatte.

»Aber die Menschen in meiner Umgebung ... alle meine Freunde ... du, Burghley und Walsingham ... Jeder würde doch den Unterschied bemerken!«

»Man kann Personen aus dem Weg schaffen«, sagte Dudley leise. »Auch Königinnen«, fügte er nach einer Pause hinzu.

Elisabeth wandte sich brüsk um.

»Ich kann Margret doch nicht einfach töten lassen!«, rief sie erregt. »Sie ist trotz allem meine Halbschwester! Mein Gott, wie viele Bastarde hat mein Vater noch in diese Welt gesetzt!«

»Aber Ihr dürft sie auch nicht länger am Hof leben lassen.«

»Ja, Robert, das ist mir klar. Lasst Anweisung geben, dass Lady Pendellion in den Tower gebracht und unter strengste Bewachung gestellt wird. Ich werde irgendwann entscheiden, was mit ihr geschehen soll.«

Verzweifelt saß Margret auf einem Ballen Stroh in der Ecke ihrer kargen Zelle. Nicht schon wieder, dachte sie und vergrub das Gesicht in den Händen. Es war, als hätte sich die Uhr um Jahre zurückgedreht, und alles würde von vorne beginnen. Wieder war sie von Wachen abgeführt und eingekerkert worden. Diesmal hatte man sie in den Tower gebracht, aber nicht in einen annehmbaren Wohnraum, sondern der Wächter war mit ihr viele Stufen hinab in den Keller gestiegen. Die Zelle war klein und schmutzig, ein Kerzenstummel spendete das einzige Licht, denn ein Fenster gab es nicht. Am schlimmsten aber war für Margret die Einsamkeit und die Ungewissheit, warum man sie erneut eingesperrt hatte. Sie hatte jegliches Zeitgefühl verloren. Wie lange war sie jetzt schon hier? Stunden, Tage oder sogar Wochen? Brot, Wasser und manchmal etwas trockenes Fleisch wurden ihr durch eine Klappe in der Tür durchgeschoben. Zuerst hatte sie noch versucht, mit dem Wärter zu sprechen, doch sie erhielt keine Antwort.

Plötzlich schreckte Margret auf. Da, die Zellentür wurde geöffnet, und ein Mann mit einer Fackel trat ein.

»Lord Leicester!«, rief Margret erstaunt.

Robert Dudley sah sich angewidert in dem Loch um und wartete, bis der Wärter die Tür hinter ihm wieder verschlossen hatte, dann sagte er:

»Lady Margret, hört mich an. Ich bin gekommen, um Euch zu erklären, warum die Königin Euch hat einkerkern lassen. Es ändert zwar nichts an Eurer Lage, aber vielleicht könnt Ihr so etwas wie Verständnis aufbringen für die Situation, in der sich die Königin befindet.«

»Verständnis?«, schrie Margret. »Es gibt wohl keinen Grund der Welt, mich hier einzusperren! Ich habe mir nichts zu Schulden kommen lassen, und das wisst Ihr, Lord Leicester! Sagt, was wird mir vorgeworfen?«

Dudley sah mit bekümmertem Gesicht auf Margret. Selbst mit strähnigen Haaren und schmutzigem Gesicht war sie noch eine sehr attraktive Frau. Er seufzte.

»Margret, Ihr seid eine Gefahr für die Königin ... nein, nicht nur das ... für ganz England. Ihr wollt wohl nicht behaupten, Ihr wisst nicht, was Euch mit Elisabeth verbindet?«

»Nein, verdammt noch mal! Ich weiß nur, dass ich durch diese verteufelte Ähnlichkeit mit ihr immer wieder in Schwierigkeiten gerate! Mylord, ich bitte Euch, wenn Ihr mich aufklären könnt – dann tut es! Ich halte diese Ungewissheit nicht mehr aus!«

»Margret, Ihr seid die Halbschwester der Königin. Ohne Zweifel war König Heinrich Euer Vater!«

Margret fiel wie betäubt gegen die Wand. Nein! Das konnte nicht wahr sein!

»Woher wisst Ihr?«, flüsterte sie leise.

»Das Medaillon beweist es. Es gehörte, bevor es Heinrich Eurer Mutter schenkte, Anna Boleyn. Die Königin hat es sofort wiedererkannt. Und Eure Ähnlichkeit! In Euer beider Gesichter sind unzweifelhaft die Züge Heinrichs. Darum kann Elisabeth Euch am Hof nicht länger dulden.«

Margret schien, als sei alles nur ein böser Traum, und sie hoffte, endlich zu erwachen. Doch nichts geschah. Sie hatte Verstand genug, um zu wissen, was das bedeutete. Leicester musste nicht weitersprechen. Sie war verloren.

»Wird Elisabeth mich töten lassen?«, fragte sie mit tonloser Stimme.

»Sie hat sich noch nicht entschieden. Ich hielt es für meine Pflicht, Euch die näheren Umstände Eurer Verhaftung mitzuteilen, denn indirekt trage ich Mitschuld daran.«

Margret sah dem Mann in die Augen.

»Sie kann mich nicht am Leben lassen, nicht wahr? Das Risiko ist zu groß?«

Leicester konnte ihrem Blick nicht länger standhalten. Er nickte kurz, dann gab er dem Wärter das Klopfzeichen, die Tür zu öffnen, und verließ fluchtartig die Zelle.

Benommen sank Margret auf das Strohlager zurück. Sie hatte in den letzten Minuten mit ihrem Leben abgeschlossen. Alles in ihr war taub und leer, nicht einmal mehr weinen konnte sie.

Con, ach Con, dachte sie, wenn ich dich doch noch einmal sehen könnte!

Kapitel 17

Conan Trelawny ritt wie der Teufel. Nur seinem Pferd zuliebe gönnte er sich dann und wann eine Ruhepause. Er selbst verspürte weder Hunger, Durst noch das Bedürfnis nach Schlaf. Noch nie war ihm London so weit erschienen, der Weg dahin so endlos. Als er endlich vor sich die grauen Mauern der Stadt im Sonnenlicht aufleuchten sah, jubelte er laut auf.

»Margret, ich komme«, rief er. »Ich hole dich nach Hause!«

Conans Herz war voll wilder Freude, obwohl es eigentlich hätte von Trauer erfüllt sein müssen. Aber er war kein Heuchler, er konnte keinen richtigen Schmerz empfinden, eher ein leises Bedauern über den Tod seiner Frau. Clara war letzte Woche gestorben, vom Schweißfieber ebenso hinweggerafft wie Leonard und Isabell. Sicher, es war tragisch, dass die gütige Clara nicht mehr unter den Lebenden weilte, doch nun war er frei! Frei für die Frau, die er liebte. Er konnte es kaum erwarten, Margret in die Arme zu schließen und ihr die gute Nachricht zu überbringen, dass sie nun wieder im Besitz von Pendellion House war.

»Was soll das heißen … sie ist fort?«, brauste Con auf und funkelte Lady Carmoly an. Diese wich keinen Schritt zurück und erwiderte fest seinen Blick.

»Das, was ich Euch bereits sagte, Lord Trelawny. Margret Pendellion hat einen Herrn aus dem Norden geheiratet und ist ihm nach Yorkshire gefolgt.«

»Das glaube ich nicht! Sie hätte mich bestimmt davon in Kenntnis gesetzt! Wo ist Lord Leicester? Ich hatte ihm die Verantwortung für Margret übertragen!«

Lady Carmoly zuckte bedauernd die Schultern.

»Die Königin ist mit dem Hof und Mylord auf einer Rundreise durch die südlichen Grafschaften. Wir erwarten sie frühestens in zwei Monaten zurück.«

Con fuhr sich durch die Haare. Das konnte nicht wahr sein! Jetzt war er endlich frei, eilte nach London, um die Frau, die er liebte, zu sich zu holen, und Margret hatte inzwischen einen anderen geheiratet! Er lachte bitter auf. Und keine Zeile hatte sie ihm geschrieben, ja, vielleicht nicht einmal einen Gedanken an ihn verschwendet. Brüsk wandte sich Con um und stürmte aus dem Raum. In dem langen und dunklen Gang des Greenwich Palastes ließ er sich in eine Fensternische sinken und starrte hinaus. Was soll's, dachte er grimmig, es gibt genügend andere Frauen, die glücklich wären, Lady Trelawny zu werden.

»Pst, Mylord.«

Con sah auf, konnte aber niemanden erkennen. Doch da war sie wieder, die Stimme.

»Auf ein Wort, Mylord, bitte!«

In einer Nische, fast völlig verschluckt vom Dämmerlicht, stand eine junge Frau und winkte ihm. Con trat auf sie zu.

»Wer seid Ihr?«, fragte er erstaunt.

Die Frau sah sich vorsichtig um.

»Ich habe Euer Gespräch mit Lady Carmoly belauscht«, flüsterte sie schnell. »Seid Ihr der Lord aus Cornwall?«

Con nickte.

»Ja, aber …?«

Die junge Frau bedeutete ihm, leise zu sein.

»Wir müssen vorsichtig sein, Mylord. Ich habe Angst, dass mich jemand mit euch sprechen sieht. Margret hat mir von Euch erzählt.«

»Margret ...« Con griff nach dem Arm der Frau. »Was ... wie ... was hat sie gesagt?«

»Das ist unwichtig, ich weiß nur, dass sie Euch liebt. Darum muss ich Euch etwas sagen.«

»Ja?«

Nochmals sah sich die Frau vorsichtig um und senkte ihre Stimme, sodass Con Mühe hatte, ihre Worte zu verstehen.

»Margret hat nicht geheiratet. Ich weiß nicht, was vorgefallen ist, aber sie ist vom Hof verschwunden. Niemand weiß etwas Genaues, aber es kursieren Gerüchte. Manche sagen, sie habe eine Liaison mit Lord Leicester gehabt, und die Königin habe sie deshalb fortgeschickt. Aber es gibt auch Stimmen, die behaupten, Margret säße eingekerkert im Tower.«

»Im Tower!«, schrie Con. Schnell legte die Frau ihre Hand auf seinen Mund.

»Ich bitte Euch, seid still! Margret soll die persönliche Gefangene der Königin sein, niemand darf sie sehen. Keiner weiß, ob sie überhaupt noch lebt.«

Con nahm beide Hände der Frau und drückte sie.

»Ich bin Euch zu großem Dank verpflichtet. Wie ist Euer Name?«

Sie schüttelte den Kopf.

»Das ist unwichtig. Ich denke nur, dass Margret großes Unrecht widerfahren ist und dass sie Euch liebt. Ich kann Euch nicht weiter helfen, aber ich hoffe, Ihr findet Margret wohlbehalten.« Mit diesen Worten drehte sie sich um und eilte beinahe lautlos davon.

Con blieb wie betäubt stehen. Im Tower! In welche Lage hatte sich Margret gebracht! Und wie sollte er Näheres erfahren? Der Tower war groß und voll von Gefangenen. Keinen Moment zweifelte Con an den Worten der Frau. Er hatte gleich gewusst, dass Margret nicht einem anderen Mann gefolgt war.

Zwei Tage saß Conan Trelawny nun schon in der Schänke, die dem Tower gegenüberlag. Übles Volk, Diebe und Halsabschneider waren hier die Gäste. Auch Con hatte sich seiner Umgebung angepasst. Seine Kleidung war schmutzig und zerrissen, sein Gesicht dreckverschmiert und das Haar wirr. Er warf einen Blick in die andere Ecke des Raumes und nickte Hump unmerklich zu. Auch dieser hatte seine Kleider ausgetauscht und sich einen wilden Bart stehen lassen. Gemeinsam hatten die Männer einen Plan ausgeheckt. Unmittelbar nach dem Gespräch im Palast hatte Con das Arthur's Arms in Southwark aufgesucht. Margret hatte ihm von den Freunden erzählt, und Con hoffte, sie noch immer dort anzutreffen. In Sallys und Humps Augen lag Betroffenheit, als sie von Margrets Schicksal erfuhren.

»Wir haben uns schon gewundert, warum sie uns nicht mehr besucht«, sagte Sally. »Sonst kam Margret regelmäßig einmal in der Woche hierher.«

Hump hatte dann die Idee, die Schänke *Zum Henker* aufzusuchen.

»Ein passender Name für das Lokal«, lachte er, »denn es liegt dem Tower direkt gegenüber. Ich weiß, dass dort die Wärter verkehren. Und manche dieser Kerle sind für ein paar

Pennys für alles zu haben. Der Verdienst im Tower ist nicht sehr gut, und die Männer sind hart und skrupellos. Ich kann dir nichts versprechen, Con, aber vielleicht können wir etwas über Margret erfahren.«

Con hatte den Wirt mit einem Goldstück bestochen, sodass dieser ihm ein Zeichen geben würde, sobald ein Wärter im Schankraum auftauchte.

Jetzt, am zweiten Abend, war es so weit. Der Wirt zeigte auf einen kleinen, stämmigen Mann, der sich in der Nähe des Feuers niedergelassen hatte. Seinen verkniffenen, brutalen Gesichtszügen sah man an, dass er sein Handwerk verstand.

Con nahm seinen Krug mit Ale und setzte sich zu dem Mann an den Tisch.

»He, Wirt«, rief er, »ein Bier für meinen Freund hier!« Das, so hatte Con ebenfalls vom Wirt erfahren, war ein Satz, mit dem sich die zwielichtigen Gestalten von London untereinander zu erkennen gaben. Und wirklich, das Gesicht des Wärters wurde sogleich etwas freundlicher, und er musterte Con ausgiebig.

Der kam ohne viele Umstände gleich zur Sache.

»Ich hörte, dass du für ein gutes Geschäft zu haben bist?«, fragte er.

Der Mann nickte.

»Kommt immer darauf an, was für mich dabei rausspringt. Aber eines sage ich dir gleich: Ich bringe keinen Menschen um! Ich habe da meine Grundsätze!«

Con legte seine Hand auf den muskulösen Unterarm des Mannes.

»Nein, darum geht es nicht. Was ich von dir will, ist nur eine Auskunft!«

»Eine Auskunft?« Der Wärter zog die Augenbrauen skeptisch zusammen. »Was soll ich dir sagen? Ich beaufsichtige den ganzen Tag im Tower die Gefangenen.«

»Eben darum geht es, Freund«, meinte Con leutselig. »Ich möchte etwas über eine der Unglückseligen dort wissen.«

»Wie viel?«

Con verstand und zog einen Beutel mit Gold aus der Tasche.

»Mehr, als du jemals in deinem Leben im Dienste der Königin verdienen kannst«, flüsterte er.

Der Wärter wog kurz den Beutel in seiner Hand und fragte:

»Wer?«

»Sie heißt Margret Pendellion, hat rotes, lockiges Haar und soll eine Gefangene der Königin sein!«

Der Wärter zuckte zusammen und hob abwehrend die Hände.

»Oh nein, mit der habe ich nichts zu schaffen! Die Frau steht unter strengster Bewachung. Ich habe sie nur einmal gesehen, aber ich weiß, die Königin ist sehr darauf bedacht, dass niemand sie besucht. Bei dieser Gefangenen kann ich nichts riskieren, es könnte mich den Hals kosten!«

Margret ist also wirklich im Tower, dachte Con entsetzt.

»Ich muss sie nur fünf Minuten sprechen«, drängte er den Wärter. »Wir könnten heute Nacht zu ihr, niemand wird etwas merken.«

Doch der Mann blieb hart.

»Nein, zu gefährlich! Sie ist im untersten Stockwerk untergebracht, dort sind auch in der Nacht zwei Wärter. An denen kann ich dich nicht vorbeischmuggeln.«

Im untersten Stockwerk! Ohne Licht und Luft!

»Wie geht es ihr? Wie lange ist sie schon dort?«, fragte Con.

»Na, einige Wochen werden es sein. Wie es ihr geht? Ich denke wohl, schlecht. Dort unten überlebt niemand lange. Aber jetzt muss ich gehen. Tut mir Leid, Freund, dass ich dir nicht helfen konnte.« Der Wärter stand auf und schob Con den Beutel mit dem Geld wieder zu. Dabei sah dieser, dass am Hosenbund des Mannes ein Schlüsselbund hing. Die Schlüssel zum Tower, schoss es Con blitzartig durch den Kopf. Er stand ebenfalls auf. Mir tut es auch Leid, dachte er, aber ich habe keine andere Wahl.

»Komm, mein Freund, trinken wir noch ein Bier, und dann begleite ich dich ein Stückchen.«

Bereitwillig folgte ihm der Wärter in die Nacht und merkte nicht, dass ein Mann mit Bart ihnen in kurzem Abstand folgte. Kaum waren die Männer ein paar Schritte gegangen, blieb Con ein Stück zurück und bückte sich nach einem schweren Stein. Der Wärter wandte sich nach ihm um, doch bevor er etwas sagen konnte, wurde er von dem Stein an der Schläfe getroffen. Erstaunt verdrehte er die Augen, dann sank er mit einem Stöhnen auf die Erde. Mit wenigen Schritten war Hump bei Con, und gemeinsam zogen sie den Mann in einen Hauseingang.

»Ist er tot?«, flüsterte Hump.

Conan spürte einen Kloß im Hals. Er räusperte sich, bevor er antwortete:

»Ich weiß es nicht. Aber darauf kann ich keine Rücksicht nehmen. Margrets Leben ist jetzt wichtiger!«

Niemand hatte den Vorfall bemerkt. Schnell nahm Con den Schlüsselbund an sich, und die beiden Männer verschwanden in der Nacht.

Die Glocke der nahen Kathedrale St. Paul hatte gerade ein Uhr geschlagen, als Con an der Mauer des Towers entlangschlich. Er trug seinen Dolch und sein Schwert bei sich und war zu allem entschlossen. Er musste Margret befreien, notfalls würde er auch töten!

Wirklich, einer der Schlüssel passte in eine kleine Pforte in der Mauer, und Con betrat den Hof des Gefängnisses. Er sah sich um, konnte aber in der Dunkelheit nicht viel erkennen. Margret war im White Tower, dem Hauptgebäude, untergebracht. Im Schatten der Mauer schlich er weiter und suchte nach einer Tür. Er hatte wirklich Glück! Der Schlüsselbund des Wärters schien alle erforderlichen Schlüssel zu enthalten! Nur wenige Minuten später stieg er die steilen Treppen zu den Verliesen hinunter. Wie sollte er Margret hier finden? War sie wirklich in der Zelle, die am besten bewacht war? Dann war er noch nicht am Ziel, denn hier war keine Menschenseele. Immer weiter stieg Con hinab. Die Luft war feucht, und es stank nach Fäulnis und Fäkalien. Da, ein Geräusch! Er presste sich eng an die Wand und lauschte. Ja, er konnte ein deutliches Schnarchen vernehmen. Vorsichtig lugte er um die Ecke. An einem kleinen Tisch saßen zwei Wärter, neben sich ein Fass Bier. Con grinste. Anscheinend war die Arbeit hier recht langweilig, sodass man sich die Zeit mit Biertrinken vertrieb. Und offensichtlich hatten die zwei sich etwas zu viel einverleibt. Sie waren sturzbetrunken! Nun, umso besser für ihn. Jetzt musste er nur noch die Tür finden, hinter der Margret eingeschlossen war. Leise, um die Männer nicht zu wecken, ging er von Zellentür zu Zellentür und flüsterte durch den Spalt: »Margret! Margret, bist du hier?«

Keine Reaktion. Panik ergriff Con. Vielleicht war sie so schwach, dass sie ihn gar nicht hörte, oder, was noch schlimmer war, vielleicht war Margret schon tot! Also beschloss er, einfach eine Tür nach der anderen zu öffnen. Nun verließ Con sein Glück, denn keiner der Schlüssel passte. Natürlich, der Wärter hatte ja gesagt, dass er mit den Gefangenen hier unten nichts zu tun hatte.

Mit einem Blick erkannte Con, dass ein weiterer Schlüsselbund auf dem Tisch bei den schlafenden Wärtern lag. Das waren die Richtigen! Con griff danach, doch offenbar war die Trunkenheit des einen nicht so stark, wie Con vermutet hatte. Durch das Klirren der Schlüssel schreckte er hoch.

»Verdammt«, fluchte Con und schickte den überraschten Mann mit einem gezielten Kinnhaken wieder zurück ins Land der Träume. Durch die Geräusche begann auch der andere, wach zu werden. Con wusste, nun war Eile geboten.

Er schnappte sich eine Fackel, schloss hastig die Türen auf und leuchtete in die Zellen. Erst bei der vierten wurde er fündig.

»Margret!«, rief er. »Oh, mein Gott!«

Margret lag zusammengekrümmt auf dreckigem Stroh und starrte Con mit glanzlosen Augen an.

»Con«, ihre Stimme war nicht mehr als ein Flüstern. Mühsam versuchte sie, sich aufzurichten.

Mit einem Blick erkannte Con, dass Margret zu schwach war, selbst zu fliehen. Er würde sie tragen müssen.

Draußen war nun der Wärter endgültig aufgewacht und hatte die Situation sofort erfasst.

»Wache!«, rief er und griff nach seinem Schwert.

»Tut mir Leid, Liebling«, sagte Con und ließ Margret wieder aufs Stroh fallen. Blitzschnell hatte auch er sein Schwert gezogen und parierte geschickt den ersten Angriff des Wärters. Er wusste, nun ging es um Leben und Tod. Um sein und

Margrets Leben! Obwohl die Wärter des Towers geschulte Kämpfer waren, war Con flinker und schneller. Einem weiteren Schlag entkam er, indem er unter dem Schwert des Gegners wegtauchte, dann stieß er dem Mann mit einem Ruck sein Schwert mitten ins Herz. Wie eine Fontäne schoss das Blut hervor, und der Wärter brach zusammen.

Ohne Bedauern sah Con auf den Sterbenden, dann nahm er Margret wieder auf die Arme und hastete die Treppe hinauf. Wie leicht sie war, und wie schmal und krank sie aussah! Eine tiefe Liebe erfüllte sein Herz. Er hatte Recht gehabt, Margret hätte nie einen anderen Mann geheiratet!

Die beiden hatten schon fast die Mauer des Towers erreicht, als Wachen aufmerksam wurden. Fieberhaft schloss Con die Tür auf und stieß Margret nach draußen, als ihn ein schmerzhafter Hieb an der linken Schulter traf. Im selben Moment spürte er das warme Blut herabrinnen, aber geschickt wehrte er einen weiteren Schlag ab. Mit dem Rücken zur Mauer hieb Con um sich, gegen drei Männer sich verteidigend.

Plötzlich war Hump mit einem Schwert neben ihm. Con warf ihm einen erstaunten Blick zu.

»Ich hatte doch gesagt, dass es zu gefährlich ist! Hump, bring dich in Sicherheit!«

Der lachte nur.

»Als Wirt führt man manchmal ein recht langweiliges Leben. Da sehnt man sich regelrecht nach ein bisschen Abenteuer!« Mit einem gezielten Hieb streckte er einen Angreifer nieder, wenige Sekunden später sackte unter einem Schlag Conans der zweite zu Boden. Der letzte ergriff die Flucht.

»Schnell, ihr müsst verschwinden«, schrie Hump und packte Con am Arm. »In wenigen Minuten werden alle Wachen des Towers mobilisiert sein.«

Con umarmte den Gefährten.

»Danke«, sagte er. Weitere Worte waren nicht notwendig. Dann wandte er sich Margret zu, die an der Mauer lehnte und am ganzen Körper zitterte.

»Du bist verletzt!«, sagte sie und berührte sanft seine Schulter, dann sank sie ohnmächtig in seine Arme. Er trug sie zu seinem Pferd und hob sie vor sich in den Sattel. Mit seinem gesunden Arm hielt er Margret fest, mit der linken Hand umklammerte er die Zügel. Die Wunde schmerzte höllisch, Con hatte Angst, zu viel Blut zu verlieren. Er schlug die Sporen dem Pferd in die Flanken, und sie galoppierten in die Nacht.

Nur wenige Minuten später verließ ein Trupp von zehn Reitern den Tower und nahm die Verfolgung der Flüchtigen auf. Das Blut, das Conan Trelawny verlor, wies den Soldaten den Weg.

Kapitel 18

Margret erwachte, als ein Strohhalm sie an ihrer Nase kitzelte und sie zum Niesen brachte. Verwirrt blinzelte sie in die hereinfallenden Sonnenstrahlen, schaute sich um, erkannte erleichtert, wo sie sich befand, und ließ sich mit einem Seufzer ins Heu fallen. Mitten in der Nacht hatten Con und sie diese alte Scheune entdeckt, weit ab der Straße, verborgen in einem kleinen Kiefernwäldchen. Erschöpft von den Strapazen des Rittes waren die beiden sofort in tiefen Schlaf gefallen.

Margret setzte sich auf und betrachtete liebevoll den Mann, der neben ihr lag. Die Wunde an seiner Schulter hatte aufgehört zu bluten, und vorsichtig untersuchte Margret die Verletzung. Gott sei Dank, es handelte sich nur um eine leichte Fleischwunde, doch sie musste gesäubert und verbunden werden, damit es zu keiner Entzündung kam. Mit schwachen, kraftlosen Beinen trat Margret aus der Scheune und sah sich um. Richtig, da floss in unmittelbarer Nähe ein kleiner Bach vorüber. Das Plätschern des Wassers hatte sie nachts noch bemerkt. Skeptisch betrachtete sie ihre nicht sehr sauberen Unterröcke, aber es half nichts. Anderes Verbandsmaterial stand ihr nicht zur Verfügung. Also riss sie mit einem Ruck zwei breite Streifen aus ihrem Rock, feuchtete den einen mit klarem Wasser an und kehrte zu Con zurück. Er schlief immer noch, und in Margret machte sich Panik breit, er könne vielleicht schon tot sein. Aber nein, deutlich hörte sie seinen Atem, und die Brust hob und senkte sich in regelmäßigen Abständen. Vorsichtig wusch Margret das verkrustete Blut von der Wunde. Als sie mit dem anderen Teil aus ihrem Rock einen notdürftigen Verband anlegte, erwachte er.

»Margret!«, flüsterte Con, dann spürte sie seine Arme um ihren Körper. Er presste sie an sich und küsste sie, zuerst sanft und zärtlich, dann immer fordernder und leidenschaftlicher. Es war ein Kuss zwischen zwei Menschen, die knapp dem Tode entronnen waren.

Minuten später lagen sie atemlos nebeneinander. Margrets Herz schlug wie ein wild gewordener Vogel in ihrer Brust. Sie wusste immer noch nicht, warum der Mann, den sie liebte, nach London gekommen war und sein Leben riskiert hatte, um ihres zu retten.

Con musste Margrets Gedanken gespürt haben. Völlig übergangslos sagte er:

»Clara ist tot. Wir hatten das Schweißfieber in Cornwall. Es wütete in nahezu jedem Dorf. Leonard und Isabell haben es ebenfalls nicht überlebt. Margret, Pendellion House gehört jetzt dir allein.«

In Margrets Kopf wirbelte es durcheinander. Zu viel auf einmal hatte Con ihr soeben mitgeteilt. Ihren Schwager und dessen Frau nicht mehr unter den Lebenden zu wissen, berührte sie nicht, nein, sie empfand eher so etwas wie Erleichterung, aber Clara? Sie dachte an die sanfte, gutmütige Frau und trauerte aufrichtig um sie.

»Ich bin nach London gekommen, um dich nach Hause zu holen, Margret. Ich bin nun frei.« Als Margret immer noch nicht reagierte, schüttelte Con sie leicht an der Schulter. »Hörst du, ich möchte dich heiraten, und wir werden für immer zusammen in Cornwall leben!«

Plötzlich kamen die Tränen, die unzähligen, ungeweinten Tränen der letzten Tage und Wochen. Sie rannen Margret pausenlos die Wangen hinab, und sie war unfähig, sie zu stoppen. Con schloss sie begütigend in seine Arme und sprach leise wie zu einem Kind. Nach einiger Zeit gelang es Margret, sich zu beruhigen. »Sie werden uns verfolgen«, sagte sie mit tonloser Stimme. »So lange, bis sie uns haben.«

»Warum, Margret? Bitte sag, warum hat man dich in den Tower geworfen?«

Margrets Blick ging ausdruckslos in die Ferne.

»Die Königin – sie wird mich finden, sie hat keine andere Wahl.«

»Warum?«, schrie Con verzweifelt. »Was um Gottes willen ist geschehen?«

»Erinnerst du dich an das Medaillon, das ich trug?«, fragte Margret.

Con nickte.

»Ja, ich sehe, du trägst es nicht mehr. Was ist mit dem Schmuck passiert?«

»Es ist nun im Besitz der Königin.«

»Elisabeth hat die Kette!«, rief Con aus. »So ein raffgieriges Weib! Als hätte sie nicht schon genügend Schmuck!«

Margret ging auf seine Bemerkung nicht ein. »Eigentlich steht es ihr zu, Con«, sagte sie, »denn es hat einmal ihrem Vater gehört.«

Conan sah Margret verständnislos an.

»König Heinrich?«, fragte er. »Aber wie ... warum ...?«

»Heinrich hat den Anhänger für Anna Boleyn, Elisabeths Mutter, anfertigen lassen. Darum hat sich die Königin sofort an das Schmuckstück erinnert. Sie wusste auch, wie man es öffnet. Man muss nur mit einem spitzen Gegenstand auf den mittleren Stein des Diamantenkreuzes drücken, und schon springt es auf.«

»Aber du sagtest doch, die Kette habe deine Mutter von deinem Vater erhalten. Was hat das mit Heinrich und Anna Boleyn zu tun?«

Margret lachte bitter auf.

»Als Elisabeth das Medaillon öffnete, befand sich darin eine Miniatur von meinem Vater …«, Margret stockte, um mit tonloser Stimme fortzufahren: »… und von Elisabeths Vater.«

»Was?« Con war aufgesprungen und stand breitbeinig in der Scheune. »Soll das heißen … meinst du etwa … Ich glaube es einfach nicht!«

Margret nickte.

»Ja, die Königin und ich sind Schwestern, vielmehr Halbschwestern. Irgendwann, als Anna Boleyn bereits in Ungnade gefallen war, nahm Heinrich ihr die Kette weg. Bei einem Besuch auf Sudeley Castle begegnete er meiner Mutter und schwängerte sie. In einem Anfall von Sentimentalität schenkte er ihr den Schmuck. Vielleicht dachte er auch, meine Mutter könne durch den Verkauf der Kette genügend Geld für ihren Lebensunterhalt aufbringen.« Margret schwieg, und Con sah sie lange an.

»Wenn die Geschichte stimmt, erklärt sie auch die große Ähnlichkeit zwischen euch. Großer Gott …« Con schlug sich gegen die Stirn, »du bist eine Tochter von König Heinrich! Und ich, ein unbedeutender, kleiner Lord, wage es, dich um deine Hand zu bitten.« Margret sprang auf und umarmte Conan stürmisch.

»Ich liebe dich!«, rief sie aus. »Ich liebe dich! Ich liebe dich! Ach, ich könnte es immer wieder sagen! Endlich weiß ich, was wahre Liebe ist. Und ... ich darf es dir gegenüber aussprechen!«

Con nahm sie fest in seine Arme. Vergessen war die schmerzende Wunde an der Schulter; vergessen die Gefahr, in der die beiden Liebenden schwebten; vergessen, dass jeden Moment die Häscher der Königin vor der Tür stehen könnten – einzig und allein ihre Liebe zählte. Eng umschlungen sanken sie in das weiche Stroh, und hier – irgendwo zwischen London und Basingstoke – erfuhr Margret zum ersten Mal in ihrem Leben die Liebe zwischen einem Mann und einer Frau.

Später, sehr viel später, schaute Margret durch ein Loch im Dach in den Sternenhimmel hinauf.

»Sie werden uns jagen«, flüsterte sie in die Stille hinein. »Quer durch ganz England wird die Königin uns verfolgen lassen, so lange, bis sie uns hat.«

Con drückte sie an sich.

»In Cornwall sind wir sicher. Boventon Castle ist weit von London entfernt. Dort kannst du ihr nicht gefährlich werden.«

Margret schüttelte den Kopf.

»Sie kann nicht riskieren, dass ich am Leben bleibe. Sie würde mir niemals glauben, dass das letzte, was ich will, ihr Thron ist. Ach, ich bin doch froh, dass ich mit dieser Last nicht leben muss.«Nach einer kurzen Pause fragte Margret: »Denkst du, dass die Königin glücklich ist?«

»Wer kann das wissen? Macht und Reichtum können einen schon befriedigen, aber ob das alles im Leben ist?«

»Sicher nicht!«, rief Margret mit Bestimmtheit und schmiegte sich fest an den geliebten Mann.

Wenn Margret später an die Reise nach Cornwall zurückdachte, so kam ihr alles wie ein nicht enden wollender Albtraum vor. Welch ein Unterschied zu den Wochen, als sie mit Otis nach Cornwall aufgebrochen war. Con und sie konnten es nur wagen, bei Nacht zu reiten. Sicher, Con hatte genügend Geld bei sich, um in den besten Herbergen einzukehren, doch nachdem sie bei einem in der Nähe von Salisbury gelegenen Gasthof eine königliche Truppe entdeckt hatten, beschlossen sie, die Häuser zu meiden. Auch benutzten sie nicht die direkte Straße in Richtung Exeter, sondern schlugen immer wieder Haken durch kleine, verschlafene Dörfer und weite Ebenen. Sie suchten sich ihr Nachtlager in verlassenen Scheunen oder unter einer Brücke. Margret fühlte sich schmutzig und hässlich, dennoch war sie noch niemals zuvor in ihrem Leben so glücklich gewesen. Weder sie noch Con wussten, was sie am Ende ihrer Reise erwarten würde, und doch trieb sie eine unbekannte Kraft immer weiter nach Cornwall. Cornwall – das klang wie ein Zauberwort, wie ein Platz, an dem alle Probleme gelöst werden würden.

Einmal, als Con in einem kleinen Dorf bei einem Bauern Brot und Milch kaufte, traf er auf eine geschwätzige alte Frau. Diese versuchte, Con auszufragen, woher er käme und was sein Ziel sei. Con gab kurze, aber nicht unfreundliche Antworten.

»Nun, die Königin sucht ein Paar, welches sich auf Reisen befindet«, meinte die Frau. »Die beiden müssen ein schweres Verbrechen begannen haben, dass überall im Süden Truppen nach ihnen Ausschau halten. Wie gut, dass ihr alleine reist.«

Con fuhr der Schreck in alle Glieder, doch in seinem Gesicht regte sich kein Muskel. Er murmelte etwas von dringenden geschäftlichen Angelegenheiten und beeilte sich, zu Margret zurückzukehren.

»Im Dorf ist bekannt, dass wir gesucht werden«, berichtete er. »Wir müssen noch vorsichtiger sein. Mein Gott, Elisabeth hat es wirklich auf dich abgesehen!«

Nach drei Wochen überquerten sie den Tamar. Cornwall! Endlich zu Hause! Jetzt waren es nur noch wenige Stunden, und Con würde seine Ländereien betreten können. Noch immer war er der festen Überzeugung, dass der Arm der Königin nicht bis hierher reichen würde.

»Wäre es nicht besser, erst einmal die Umgebung von Boventon Castle vorsichtig zu erkunden?«, fragte Margret. »Vielleicht sind sie schon hier?«

»Es ist mein Grund und Boden! Ich werde in meinen Besitz einreiten, so wie ich es immer getan habe!«, erwiderte Con mit entschlossenem Zug um den Mund. Doch als der Abend dämmerte und sie die Zinnen des Schlosses erkennen konnten, sagte er:

»Vielleicht hast du Recht, Margret. Komm, im Schutz der Dunkelheit werden wir zu der Kapelle am Fluss gehen. Von dort aus können wir feststellen, ob ich ungebetene Gäste in meinem Haus habe.«

Die Luft in der Kapelle roch modrig und abgestanden. Zielstrebig steuerte Conan den Altar an und griff in eine Nische. Mit Staunen sah Margret, dass eine Steinplatte dahinter beinahe geräuschlos zur Seite glitt und eine Steintreppe, die nach unten führte, freigab.

»Komm«, winkte Con, und Margret stieg hinter ihm die Treppe hinab. Er entzündete eine Fackel, die an der Wand hing, und in dem flackernden Licht konnte sie einen kleinen Raum erkennen, der unmittelbar unter dem Altar liegen musste. Mit einem weiteren Handgriff schloss Con die Platte über ihren Köpfen, und Margret schlang schaudernd die Arme um ihren Körper.

»Es ist unheimlich hier«, flüsterte sie. »Was ist das für ein Platz?«

»Ein so genanntes Priesterversteck.«

»Priesterversteck?« Margret hätte nie geglaubt, dass es so etwas in Boventon Castle gab.

»Ja, das ist das Geheimnis meines Hauses, Margret. Bist du jetzt entsetzt?«

Margret schüttelte den Kopf.

»Nein, eher überrascht. Warum ist ein solches Versteck nötig?«, fragte sie.

Con setzte sich auf eine schmale Pritsche, die an der Wand stand, und zog Margret neben sich.

»Clara war katholisch«, erzählte er. »Sie hing so sehr an ihrem Glauben, dass sie nicht ohne Messe leben konnte. So bedrängte sie mich schon bald nach unserer Hochzeit, ein Versteck im Schloss einbauen zu lassen, denn sie wollte, dass ein Priester hier mit uns leben sollte. Nun, ich dachte, in Cornwall wäre die Gefahr einer Entdeckung gering, und entsprach ihrem Wunsch. Aber als Clara in Leonard und Isabell Gleichgesinnte fand, hatten wir einen heftigen Streit.«

Margret sah Con erstaunt an.

»Leonard? Und Isabell? Du meinst, auch sie hingen dem katholischem Glauben an?«

»Nicht nur das. Nein, sehr bald erfuhr ich aus zuverlässiger Quelle, dass Leonard in Cornwall einer der Drahtzieher war, die Elisabeth stürzen und Mary Stuart auf den Thron setzen wollten. Von da an verbot ich Clara, unser Haus weiterhin als Treffpunkt dieser Gruppe zu missbrauchen, aber sie hielt sich nicht daran. Clara verstand in ihrer sanften, gutmütigen Art nicht, dass die Frau, die sich ihre Freundin nannte – nämlich Isabell –, keineswegs nur zum Beten hierher kam. So entwickelte sich Boventon Castle nach und nach zum Stützpunkt einer Verschwörerbande, deren Kopf Leonard war.«

»Das ist ja furchtbar!«, stöhnte Margret auf. »Und die ganze Zeit hat niemand etwas bemerkt?«

»Nein, zum Glück nicht!«

Margret wurde nun einiges klar. Die sonderbare Freundschaft zwischen den zwei verschiedenen Frauen und auch die heimlichen Zusammenkünfte mitten in der Nacht. Nur zu gut konnte sie sich an die erste Nacht im Schloss erinnern, als sie die Gruppe Menschen im Garten gesehen hatte.

»Und du hast das schändliche Treiben niemals unterbunden?«

Con schüttelte den Kopf.

»Wenn ich ehrlich bin, Margret, es war mir egal. Clara ging so in ihrem Glauben auf, dass sie sich kaum noch um mich kümmerte. Du weißt, dass unsere Ehe nie eine richtige Ehe war, und so war es mir gerade recht. Ich wähnte Boventon Castle auch zu weit von London entfernt, um ernsthaft an eine Gefahr zu denken. Aber das ist jetzt alles vorbei, Gott sei Dank!« Er nahm Margret in die Arme und küsste sie zärtlich. »Ich werde jetzt ins Schloss gehen und sehen, wie die Dinge stehen.«

»Sei vorsichtig!«, bat Margret.

Con lächelte sie voller Liebe an.

»Natürlich, ich weiß ja jetzt, warum ich weiterleben möchte.«

Das Ergebnis von Conans Erkundigungen war niederschmetternd. Die königlichen Truppen waren schneller als die zwei Reisenden gewesen und hatten bereits Quartier im Haus bezogen. Verzweifelt saß Con auf der Pritsche, den Kopf in den Händen vergraben. Minutenlang sprach er kein Wort. Margret wusste nicht, was sie tun sollte. Wenn die Soldaten hier waren, so waren sie auch in Pendellion House, also fiel diese Fluchtmöglichkeit ebenfalls aus.

Nach einiger Zeit des Schweigens stand Con auf. Er fasste Margret an den Schultern und sah ihr in die Augen. Sein Blick war voller Entschlossenheit.

»Margret, ich muss es jetzt wissen! Bitte sag die Wahrheit: Liebst du mich?«, fragte er so ernst, wie Margret ihn niemals zuvor hatte sprechen hören.

»Ja, Conan Trelawny. Ich liebe dich mehr als mein Leben.«

»Liebst du mich so sehr, dass du mir folgen wirst, egal, was die Zukunft für uns bringt?«

»Ja.«

Con schloss sie in die Arme, sein Kuss war sanft und voller Zärtlichkeit.

»Dann vertrau mir. Ich muss dich jetzt allein lassen. In ein, zwei Tagen bin ich zurück. Wasser bringe ich dir vom Fluss herauf. Das muss vorerst genügen. Margret, nur noch zwei Tage – dann, das verspreche ich dir, werden wir frei sein, und niemand wird uns je wieder trennen!«

Margret sah an Cons Blick, dass es jetzt nicht an der Zeit war, Fragen zu stellen. Sie musste dem Mann, den sie liebte, vertrauen.

»Ich werden hier auf dich warten, Con. Im Vergleich zu der Zelle im Tower ist dieses Versteck gemütlich.«

»Bitte, Margret, bleib hier, egal was geschieht. Und – folge nicht dem Gang.«

»Warum? Wohin führt er?«

»Zum Haus, aber es ist zu gefährlich, man könnte dich entdecken.«

Con küsste sie noch einmal, dann stieg er die Treppe zur Kapelle hinauf und entschwand den angstvollen Blicken Margrets.

Kapitel 19

Die Stunden zogen sich endlos dahin. Unruhig lief Margret in dem Versteck von einer Wand zur anderen. Hin und zurück. Wieder und wieder. Einmal legte sie sich auf die schmale Pritsche und versuchte zu schlafen, doch der erlösende Schlaf wollte sich nicht einstellen, so aufgewühlt waren ihre Gedanken. Was würde die Zukunft für sie und Con bringen? Sie starrte in den dunklen Gang. Con hatte sie gebeten, ihm nicht zu folgen, aber Margret musste etwas tun, sonst würde sie verrückt werden. Sie griff nach der Fackel und atmete tief durch. Wer sollte sie hier schon entdecken? Entschlossen folgte sie dem Weg.

Der Gang war dunkel und eng. Stellenweise musste sie sich bücken, weil die unbehauenen Steine der Decke weit herabhingen. Der Gang verlief nicht gerade. Mal machte er einen Knick nach rechts, um dann gleich wieder nach links weiter zu gehen. Margret spürte den deutlichen Anstieg, sie war sich nun sicher, irgendwann im Haus anzukommen. Endlich, da war eine Tür, kaum im Fackellicht zu erkennen. Hier endete der Gang abrupt. Vorsichtig drückte Margret auf die Klinke. Eine schmale Tür sprang auf. Margret hielt die Luft an. Was würde sie dahinter erwarten?

Sie drängte sich durch den Spalt und schob einen Wandteppich zur Seite. Es war stockdunkel. Im Schein der Fackel erkannte Margret die Umrisse eines Bettes und zweier Truhen an den Wänden. Sie befand sich im ehemaligen Schlafzimmer von Clara, im mittleren Stock des Turms von Boventon Castle. Hier war alles ruhig. Margret betrachtete das breite Bett und dachte daran, wie lange sie schon nicht mehr zwischen weichen, dicken Decken gelegen hatte. Sie steckte die Fackel in eine Halterung an der Wand und legte sich auf das Kissen. Nur ein paar Minuten, dachte sie, und ehe sie sich versah, war sie eingeschlafen.

Sie erwachte durch Stimmen, die dumpf zu ihr heraufdrangen. Helles Sonnenlicht fiel in den Raum und ließ ihn gemütlich erscheinen. Einen Augenblick musste sie sich besinnen, wo sie war, doch dann fiel ihr alles wieder ein: der finstere, lange Gang, die Geheimtür und die wenigen, erquickenden Stunden Schlaf zwischen weichen Daunen. Margret lauschte der Unterhaltung, die undeutlich, aber gut vernehmbar zu ihr ins Zimmer drang. Und dann erinnerte sie sich an die kleine Nische hinter einem weiteren Wandteppich in Claras Zimmer. Dort gab es ein sternenförmiges Guckloch, von dem man die große Halle überschauen konnte, ohne selbst gesehen zu werden. Leise huschte Margret zu der Nische. Ihr Herz pochte vor Aufregung, und sie hielt die Luft an, obwohl keine Gefahr bestand, dass die Männer dort unten ihr Atmen würden hören können. Um den langen, massiven Eichentisch hatten sich sieben Soldaten zum Frühstück versammelt. Es waren durchweg starke, verwegene Burschen, die den Eindruck machten, mit ihren Feinden nicht gerade zimperlich umzugehen.

Einige Zeit beobachtete Margret von ihrem Versteck aus die Männer beim Essen, dann wurde ihr Warten belohnt. Ein kräftiger, blonder Soldat sagte mit vollem Mund und lauter

Stimme: »Möchte wissen, wie lange wir in dieser gottverlassenen Gegend noch herumsitzen müssen.«

Sein Gegenüber rülpste ungehalten.

»Ich glaube nicht, dass der Lord in sein Schloss zurückkehrt. Der hat bestimmt Lunte gerochen und ist längst abgehauen. Vielleicht rüber nach Frankreich.«

Der erste Sprecher nickte.

»Ja, ist auch meine Meinung. Es würde mich aber interessieren, was das Pärchen, auf das wir hier warten sollen, eigentlich verbrochen hat. Die Königin legt sich ja mächtig ins Zeug, um die beiden zu kriegen.«

Ein weiterer Soldat mischte sich nun ins Gespräch ein. »Hab' was von Hochverrat gehört. Verschwörung gegen den Thron oder so ähnlich. Nun ja, muss auf jedenfalls was Schlimmes sein, weil die Königin bereits alle Ländereien konfisziert hat. Das flüchtige Mädchen soll hier in der Gegend ein Haus und Land besitzen. Das gehört jetzt auch der Krone.«

Margret zog geräuschvoll die Luft ein, um sich gleich darauf vor Schreck die Hand vor den Mund zu halten. Aber die Wachen hatten nichts bemerkt. Nun also war es Gewissheit! Elisabeth hatte Boventon Castle und Pendellion House konfisziert. Es war allgemein bekannt, dass der Besitz von Hochverrätern in das Eigentum der Krone überging. Normalerweise geschah das erst, nachdem der Schuldige hingerichtet worden war. Margret wusste, was das bedeutete: Con und sie waren schon so gut wie tot!

»Also auf, Männer«, sprach nun wieder der erste, »wollen mal wieder die Gärten inspizieren, auch wenn ich meine, dass es sinnlos ist. Die zwei tauchen hier nicht auf!«

Margret hatte genug gehört. Mit einem Blick in den Spiegel erkannte sie, dass ihr Gesicht schneeweiß war. So schnell und leise, wie sie konnte, huschte sie durch den Geheimgang zurück in die Kapelle. Sie hatte Angst, schreckliche Angst! Irgendwann würden die Soldaten auch in die Kapelle kommen. Selbst wenn die Männer überzeugt waren, dass Con und sie sich nicht in Boventon Castle aufhielten, würden sie vielleicht aus purer Langeweile die Kapelle durchsuchen und auf das Versteck stoßen.

»Con!«, flüsterte Margret in die Dunkelheit. »Bitte, komm! Wo bist du? O bitte, komm endlich zu mir zurück!«

Noch nie zuvor hatte Margret so viel Erleichterung verspürt wie in dem Moment, als Conan Trelawny nach Einbruch der Dunkelheit die Platte zum Versteck öffnete und zu ihr hinabstieg. Minutenlang lagen sie sich in den Armen.

Den ganzen Tag hatte Margret in fiebriger Unruhe verbracht. In Dutzenden von Bildern Con irgendwo hier in der Gegend verletzt oder sogar tot in seinem Blut liegen gesehen. Oder die Häscher hätten ihn gefangen und würden ihn nun grausam foltern, um ihren – Margrets – Verbleib zu erfahren.

»Wenn er diese Nacht nicht zurückkehrt, werde ich wahnsinnig«, flüsterte Margret in die Stille hinein und schluckte ihre ungeweinten Tränen hinunter.

Jetzt erzählte sie schnell und zusammenhanglos, was sie im Schloss in Erfahrung gebracht hatte. Conans Körper versteifte sich.

»Du warst im Haus?«, fragte er erregt.

Margret nickte, bis ihr einfiel, dass er ihr ja verboten hatte, dem Gang zu folgen.

»Niemand hat mich gesehen, Liebling!«, beschwörte sie. »Doch nun wissen wir, dass wir hier so schnell wie möglich fliehen müssen. Aber wohin? Sag mir, wohin sollen wir gehen?«

Con strich Margret übers Haar. Ihr Bericht bestätigte nur sein Wissen, denn er hatte mit einem alten Pfarrer in der nahen Ortschaft gesprochen. Vater Derem hatte ihn getauft, und Con wusste, dass er dem Mann vertrauen konnte. Nachdem er erfahren hatte, dass sein Land unwiderruflich verloren war, hatte er einen Entschluss gefasst. Er legte seine Hände auf Margrets Schultern, schob sie ein Stück von sich weg und sah ihr fest in die Augen, die im Schein der Fackel von einem tiefen, kräftigen Grün waren.

»Margret, noch einmal, bist du bereit, mir zu folgen, egal was die Zukunft uns vielleicht bringen mag? Bitte, antworte ehrlich auf meine Frage.«

Margret erwiderte den Blick und antwortete mit einem schlichten: »Ja.«

Obwohl Margret lange Zeit in Cornwall gelebt hatte, war sie noch nie zuvor in Plymouth gewesen. Die Stadt lag am anderen Ufer des Tamars, also in Devon. An einer seichten Stelle, unweit von Boventon Castle, wateten sie und Con durch das Wasser. In der Mitte des Flusses blieb er stehen und blickte zurück.

Jetzt, in der Nacht, erhellte kein Licht die Fenster von Boventon Castle. Der Himmel war bedeckt und kein Mond zu erkennen, doch stark und trutzig standen die alten Mauern – erbaut vor Jahrhunderten – hoch über dem Fluss. Con nahm Abschied von seiner Heimat.

»Leb wohl, Cornwall«, murmelte er leise und watete weiter, ohne sich noch einmal umzudrehen.

Ungefähr zwei Stunden vor Morgengrauen erreichten sie die Hafenstadt. Dort herrschte bereits geschäftiges Treiben. Con, der nicht wusste, ob auch hier nach ihnen gesucht wurde, brachte Margret auf Umwegen durch enge Gassen zum Hafen. Hier war ein Platz mit Hunderten von Fackeln hell erleuchtet. Überrascht erkannte Margret, dass am Kai ein Schiff lag in einer Größe, wie sie es nie zuvor auf der Themse in London gesehen hatte.

»Was ist das für ein Schiff?«, fragte sie und musste den Kopf weit in den Nacken legen, um die Mastspitzen erkennen zu können.

Con nahm ihre Hand.

»Komm, mein Schatz. Das ist unser Weg in die Freiheit!«

Über eine Planke wurde das Schiff eilig beladen. Mindestens zehn Dutzend Männer liefen zwischen Kai und Deck hin und her. Niemand achtete auf den Mann und die rothaarige Frau, die das Schiff betraten. Con hielt einen der Burschen an.

»Richte dem Kapitän aus, dass sein Freund da ist«, sagte er kurz.

»Aye, aye, Sir«, war die Antwort, und der Junge lief davon.

Con führte Margret an die Reling. Sie sahen auf den Hafen hinunter.

»Du bist nach wie vor entschlossen, mit mir zu kommen?«, fragte er.

»Ich werde dich nie wieder verlassen, Con. Doch wohin fahren wir? Nach Frankreich?« Margret fiel die Bemerkung des Soldaten im Schloss ein.

»Nein, nicht nach Frankreich. Wir segeln weiter, sehr viel weiter. Irgendwo da hinten …«, Con drehte sich um und machte eine Handbewegung auf den dunklen Sund hinaus, »irgendwo dort liegt ein Land, das noch nicht viele von uns betreten haben. Dort gibt es keinen König und keine Königin, keine Soldaten und auch keine Verliese. Nein, es gibt dort nicht einmal ein Gesetz. Es gibt auch keine Burgen oder Schlösser, nicht einmal richtige Häuser, nur ein paar vereinzelte Hütten und eine Hand voll Menschen. Menschen wie du und ich – die von einer anderen, besseren Welt träumen.« Conan schwieg und starrte in die Dunkelheit. Margret wagte nicht, etwas zu sagen. Sie wollte diesen Augenblick nicht zerstören. Ein anderer, veränderter Conan Trelawny stand vor ihr. Seine Stimme war weich und voller Zärtlichkeit, als er weitersprach: »Wir wissen nicht, was uns dort erwartet. Außer – der Freiheit! Margret, eine ungewisse Zukunft liegt vor uns. Aber wir – du und ich – werden mit Gottes Hilfe ein neues Leben beginnen. Wir werden lange unterwegs sein; viele, viele Wochen. Aber die *Pelican* ist ein starkes Schiff. Sie hat die Reise schon zwei Mal zuvor gemacht. Bist du immer noch bereit, mir zu folgen?«

»Ja, weil ich dich liebe!«

Ein leises Räuspern kam aus dem Hintergrund.

»Eine schöne Rede, mein Freund. Besser hätte ich meine Gefühle nicht ausdrücken können.«

Ein kleiner, kräftiger Mann trat zu ihnen. Er hatte schwarzes Haar und einen ebensolchen Bart. Con legte den Arm um Margrets Schultern.

»Darf ich vorstellen? Das ist Margret Pendellion, meine künftige Frau. Und das, Margret, ist ein Freund aus Kindertagen – Francis Drake, der Kapitän dieses Schiffes.«

Beim ersten Morgengrauen setzte man die Segel, und langsam wurde die *Pelican* von kleineren Booten aus dem Hafen in den Sund geschleppt. Ein letztes Mal blickten sie zurück auf England. Ohne es auszusprechen, wussten beide, dass sie die Heimat niemals wiedersehen würden.

Als sie das offene Meer erreichten, ging die Sonne im Osten als roter Feuerball auf. Francis Drake trug seine schönste Uniform, und auch für Margret hatte sich ein neues, sauberes Kleid gefunden. Sie sahen nach Westen, dorthin, wo hinter dem großen Ozean das viel versprechende, neue Land lag.

Francis Drake sprach ein paar einfache Worte, dann legte er Margrets kleine Hand in die starke von Conan und sagte schlicht: »Kraft meiner Würde als Kapitän dieses Schiffes erkläre ich euch hiermit zu Mann und Frau.«

Con küsste Margret zärtlich auf die Lippen, und eng umschlungen stand das Ehepaar an der Reling und verfolgte den Wellengang des Meeres. Der Kapitän zog sich taktvoll zurück.

Hinter ihnen zog Nebel auf, und nach einigen Minuten war England nicht mehr zu sehen.